AURELIA ODER DER TRAUM UND DAS LEBEN

GÉRARD DE NERVAL

VORWORT

Gérard de Nerval wurde am 22. Mai 1809 als Sohn eines Militärarztes in Paris geboren. Er wurde nicht ganz 46 Jahre alt, — er starb am 25. Januar 1855. Sein eigentlicher Name war Gérard Labrunie.

Da seine Mutter ihrem Gatten zum Heere folgte und sehr früh starb, was der Dichter in der hier übersetzten Novelle »Aurelia« auch erwähnt, wurde der Knabe im Valois bei einem seiner Oheime erzogen. Er besuchte das Gymnasium und obwohl er hie und da lieber in Wald und Feld herumstreifte, als auf der Schulbank zu sitzen, war er doch der Stolz der Schule und der Gegenstand der Bewunderung seiner Kameraden, denn er dichtete kaum achtzehn Jahre alt seine »Elégies nationales«. Auch seine Faust-Übersetzung, die heute noch zu den besten gezählt wird, erschien schon zu dieser Zeit, und Goethe hat dem jungen Nerval in einem eigenhändigen Schreiben dafür gedankt. Nerval hat diesen Brief aufbewahrt, und obwohl er sonst wegen seiner Bescheidenheit bekannt war, zeigte er ihn gern seinen Freunden und versicherte, daß die Anerkennung des großen deutschen Dichters ihn mit Stolz erfülle.

Zu diesen Freunden gehörten in erster Linie Théophile Gautier, Arsène Houssaye und viele andere. Nerval hatte das Glück, schon von seinen Zeitgenossen gewürdigt zu werden. Die Freunde ertrugen seine bizarren Launen geduldig und bemühten sich, ihm alle Hindernisse aus dem Weg zu räumen. Wie oft hielt er seine Verabredungen nicht! Wie häufig kam es vor, daß sein Vater, bei dem er regelmäßig Donnerstags und Sonntags speiste, ihn vergeblich erwartete! Erst nach längerer Zeit erfuhr man in solchen Fällen, daß der Dichter eine seiner großen Reisen angetreten hatte!

Nerval hat viel von der Welt gesehen. Er bereiste Deutschland, Ägypten, Syrien, die Türkei. Diese Reisen regten ihn zu seinen Hauptwerken an, vor allem zu dem großen Drama: »Die Königin von Saba«, das schon wegen seiner ungeheuren Dimensionen nicht auf das Theater gebracht werden konnte. Am meisten Interesse zeigte der Dichter für die Sitten und Gebräuche der Völkerschaften, die er auf seinen Reisen kennen lernte. Er neigte stark zur Mystik und als von seinem dreißigsten Lebensjahr an sein Geist anfing, gewissen krankhaften Anfällen zu unterliegen, verstärkte sich dieser Hang.

Das Werk, welches wir hier veröffentlichen, steht wohl in der Literatur einzigartig da, denn in »Aurelia« erzählt und beschreibt der Kranke selbst seine Zustände und Visionen. Er berichtet, daß er in der Irrenanstalt angefangen habe, die Geschichte seiner Krankheit zu schreiben, die ihn bis zu seinem Lebensende nur vorübergehend verließ. Die letzten, hier veröffentlichten Seiten fanden die Freunde in der Tasche des Toten; er hat sich noch bis in die letzten Tage, vielleicht Stunden, mit diesem Manuskript beschäftigt. Viele glauben, daß sein Tod kein natürlicher gewesen ist, sondern daß er seinem Leben gewaltsam ein Ende gemacht hat. Bei seinem Geisteszustand ist es nicht unwahrscheinlich, aber Gewißheit hat man darüber nicht.

Gérard de Nerval hat auch schon in seinen gesunden Tagen ein sonderbares Leben geführt. Nirgends blieb er lange und vor allem war es ihm zuwider in seiner Wohnung zu schlafen. Er streifte Tage und Nächte lang rastlos in den Straßen von Paris umher, machte sich Notizen über seine Beobachtungen und besuchte seine Freunde, wenn er gerade an ihren Haustüren vorüberkam. Er konnte es nicht ertragen, durch ein Versprechen an einen Besuch zu bestimmter Stunde gebunden zu sein.

Er war von Haus aus nicht unvermögend, auch fiel ihm einmal eine kleine Erbschaft zu. Da außerdem die Zeitungen und Zeitschriften über jede Zeile von seiner Hand froh waren, hätte er leicht ein behagliches Leben im Wohlstand führen können. Aber das widerstrebte seiner Natur. Hatte er Geld, so kaufte er oft auf Auktionen Kunstgegenstände, die er dann bisweilen bei irgendeinem Freund einstellte, um sie nach kurzer Zeit zu vergessen. Nur wenn er eine Auslandreise vorhatte, vermochte er zu sparen.

Gérard de Nerval war als Schriftsteller nicht gerade fleißig. Er hat sich oft wiederholt und unter seinen dramatischen Versuchen ist nicht viel Wertvolles zu finden. Die Gestalt des

»Faust«, dessen Einführung in Frankreich ihm so frühen Ruhm verschaffte, soll seinen Geist so ausgefüllt haben, daß eigene Gestaltungsversuche stets Züge des großen Vorbildes annahmen.

Lesenswert sind noch einige seiner Novellen, besonders aber die anschaulich geschriebene, sehr eigenartige Erlebnisse schildernde »Orientreise«.

HEDWIG KUBIN.

ERSTER TEIL

I.

DER Traum ist ein zweites Leben. Ich habe nie ohne zu schaudern durch die Elfenbein- oder Horntore dringen können, die uns von der unsichtbaren Welt scheiden. Die ersten Augenblicke des Schlafes sind das Bild des Todes. Eine nebelhafte Erstarrung ergreift unsern Gedanken, und wir können den genauen Augenblick nicht feststellen, wo das Ich in einer andern Form die Tätigkeit des Daseins fortsetzt. Ein ungewisses unterirdisches Gewölbe erhellt sich allmählich und aus dem Schatten der Nacht lösen sich in ernster Unbeweglichkeit die bleichen Figuren, welche den Vorhof der Ewigkeit bewohnen. Dann nimmt das Bild Form an, eine neue Helligkeit erleuchtet diese Erscheinungen in wunderlichem Spiel: — es öffnet sich uns die Welt der Geister.

Swedenborg nannte diese Visionen »Memorabilia«; er verdankte sie öfter der Träumerei als dem Schlaf; der »goldene Esel« des Apulejus, die »göttliche Komödie« Dantes, sind die dichterischen Vorbilder dieser Studien über die menschliche Seele. Ich will nach ihrem Beispiel versuchen, die Eindrücke einer langen Krankheit niederzuschreiben, die sich ganz in den Mysterien meines Geistes abgespielt hat; — und ich weiß nicht, warum ich mich des Ausdrucks »Krankheit« bediene, denn niemals habe ich mich, was mich selbst betrifft, wohler gefühlt. Mitunter hielt ich meine Kraft und meine Fähigkeit für verdoppelt. Es schien mir, als wüßte und verstände ich alles, die Einbildungskraft brachte mir unendliche Wonnen. Soll man bedauern sie verloren zu haben, wenn man das, was die Menschen Vernunft nennen, wiedererlangt hat?

Jene »vita nuova« hat für mich zwei Phasen gehabt. Diese Aufzeichnungen beziehen sich auf die erste. — Eine Dame, die ich lange geliebt hatte, und die ich Aurelia nennen werde, war für mich verloren. Die Umstände dieses Ereignisses, das einen so großen Einfluß auf mein Leben haben sollte, sind unwichtig. Jeder kann aus seinen Erinnerungen die herzzerreißendste Gemütsbewegung, den fürchterlichsten Schicksalsschlag der Seele hervorsuchen; man muß sich da entschließen zu sterben oder zu leben; — ich werde später sagen, warum ich nicht den Tod gewählt habe. Die ich liebte, hatte mich verurteilt, ich war eines Vergehens schuldig, für das ich keine Verzeihung mehr erhoffen konnte; so blieb mir nichts übrig, als mich den niedrigen Betäubungen zu ergeben; ich heuchelte Freude und Sorglosigkeit, ich durchkreuzte die Welt und jagte unsinnig hinter Wechsel und Laune her; vor allem gefielen mir die Trachten und absonderlichen Sitten entfernter Völkerschaften. Es war mir, als ob ich so die Vorbedingungen von Gut und Böse verschob, die Ausdrücke sozusagen für das was wir Franzosen »Gefühl« nennen.

»Welche Verrücktheit,« sagte ich mir, »eine Frau, die dich nicht mehr liebt, so platonisch zu lieben! Daran ist meine Lektüre schuld; ich habe die Erfindungen der Dichter ernst genommen, und ich habe mir aus einer gewöhnlichen Persönlichkeit unseres Jahrhunderts eine Laura oder Beatrice gemacht . . . . . . Auf zu andern Abenteuern und dieses wird bald vergessen sein!« — Der Taumel eines fröhlichen Karnevals in einer Stadt Italiens verjagte all meine melancholischen Gedanken. Ich war so glücklich über die Erleichterung, die ich empfand, daß ich all meinen Freunden meine Freude mitteilte, und in meinen Briefen gab ich das als beständigen Geisteszustand aus, was nur fieberhafte Überreizung war.

Eines Tages kam in die Stadt eine Frau von großem Ruf, die mit mir Freundschaft schloß, und da sie gewohnt war zu gefallen und zu blenden, zog sie mich mühelos in den Kreis ihrer Bewunderer. Nach einer Abendgesellschaft, wo sie gleichzeitig natürlich und von einem Reiz erfüllt gewesen war, dessen Einwirkung alle spürten, fühlte ich mich in einer Weise in sie verliebt, daß ich keinen Augenblick zögern wollte an sie zu schreiben. Ich war so glücklich, mein Herz einer neuen Liebe fähig zu fühlen! . . . . . . Ich borgte in dieser künstlichen Begeisterung dieselben Ausdrücke, die so kurze Zeit vorher mir gedient hatten, um eine wahrhafte und langempfundene Liebe zu schildern. Als der Brief abgesandt war, hätte ich ihn zurückhalten mögen, und ich begann in der Einsamkeit von dem zu träumen, was ich eine Entweihung meiner Erinnerungen nannte. —

Der Abend gab meiner neuen Liebe den ganzen Zauber des vorhergehenden Tages wieder. Die Dame zeigte sich empfänglich für das, was ich ihr geschrieben hatte, wobei sie einiges Erstaunen über meine plötzliche Glut erkennen ließ. Ich hatte an einem Tage mehrere Grade der Gefühle übersprungen, die man für eine Frau mit dem Schein der Aufrichtigkeit fassen kann. Sie gestand mir, daß es sie erstaune und zugleich mit Stolz erfülle. Ich versuchte sie zu überzeugen; aber was ich ihr auch immer sagen wollte, ich konnte in der Folge in unsern Unterhaltungen den rechten Ton meines Briefstils nicht mehr wiederfinden, so daß ich gezwungen war ihr mit Tränen zu gestehen, daß ich mich geirrt hätte, indem ich sie täuschte. Meine rührenden Geständnisse hatten immerhin einigen Reiz, und eine in ihrer Milde viel stärkere Freundschaft folgte auf vergebliche Zärtlichkeitsversicherungen.

II.

SPÄTER begegnete ich ihr in einer anderen Stadt, wo sich die Dame befand, die ich immer noch ohne Hoffnung liebte. Ein Zufall machte sie miteinander bekannt, und die erste hatte zweifellos Gelegenheit, die, welche mich aus ihrem Herzen verbannt hatte, in Hinsicht auf mich zu rühren, so daß ich sie eines Tages, als ich mich in einer Gesellschaft befand, an der auch sie teilnahm, auf mich zukommen und mir die Hand entgegenstrecken sah. Wie soll ich diesen Schritt und den tiefen traurigen Blick beschreiben, mit dem sie ihren Gruß begleitete? Ich glaubte darin die Verzeihung für die Vergangenheit zu lesen. Der göttliche Ausdruck des Mitleids gab den einfachen Worten, die sie an mich richtete, einen unaussprechlichen Wert, wie wenn sich etwas Religiöses in die Süßigkeiten einer bis dahin profanen Liebe gemischt hätte und ihr den Stempel der Ewigkeit aufdrückte.

Eine gebieterische Pflicht zwang mich nach Paris zurückzukehren, aber ich faßte sogleich den Entschluß, nur wenige Tage dort zu bleiben und zu meinen beiden Freundinnen zurückzueilen. Die Freude und die Ungeduld versetzten mich in eine Art Betäubung, die sich mit der Sorge für die Geschäfte verwickelte, die ich zu beenden hatte. Eines Abends, gegen Mitternacht, ging ich wieder die Vorstadtstraße entlang, wo sich meine Wohnung befand. Als ich zufällig die Augen aufhob, erkannte ich die Nummer des Hauses, die durch einen Gasarm erleuchtet war. Diese Zahl war die meines Alters. Gleich darauf sah ich, als ich den Blick wieder senkte, vor mir eine Frau von fahler Gesichtsfarbe mit hohlen Augen, die mir die Züge von Aurelia zu haben schien. Ich sagte mir: »Ihr, oder mein Tod wird mir angekündigt!« Aber ich weiß nicht, warum ich bei der letzten Annahme stehen blieb und ich erschreckte mich mit der Idee, daß es am folgenden Tag um dieselbe Stunde sein würde.

In dieser Nacht hatte ich einen Traum, der diesen Gedanken in mir befestigte. Ich irrte in einem weitläufigen Gebäude, das aus mehreren Sälen bestand, von denen die einen dem Studium gewidmet waren, während die andern der Unterhaltung oder philosophischen Diskussionen dienten. Ich blieb voll Interesse in einem der ersten stehen, wo ich meine alten Lehrer und Mitschüler zu erkennen glaubte. Die Stunden über die lateinischen und griechischen Schriftsteller nahmen ihren Fortgang mit diesem eintönigen Gemurmel, das ein Gebet zur Göttin Mnemosyne zu sein scheint. — Ich ging in einen andern Saal, wo philosophische Vorträge stattfanden. Ich nahm einige Zeit teil daran, dann ging ich hinaus, um mein Zimmer in einer Art Gasthaus mit ungeheuren Treppen zu suchen, das voll war von geschäftigen Reisenden.

Ich verirrte mich mehrere Male in den langen Gängen und als ich eine der Mittelgalerien kreuzte, wurde ich von einem seltsamen Schauspiel überrascht. Ein Wesen von unermeßlicher Größe — ob Mann oder Frau weiß ich nicht — hielt sich mühsam über dem Raum in der Schwebe und schien sich zwischen dem dichten Gewölk zu überschlagen. Da es ihm an Atem und Kraft gebrach, fiel es endlich mitten in den dunkeln Hof, wobei es mit seinen Flügeln am Dach und an den Balustraden bald hängen blieb und bald sich stieß.

Ich konnte es einen Augenblick betrachten. Es war in hochroten Tönen gefärbt und seine Flügel schillerten in tausendfach wechselndem Widerschein. In seinem langen Kleid mit antikem Faltenwurf glich es dem Engel der Melancholie von Albrecht Dürer. Ich konnte mich nicht enthalten, Schreie des Entsetzens auszustoßen, die mich plötzlich aufweckten.

Am folgenden Tag beeilte ich mich, alle meine Freunde aufzusuchen. Ich sagte ihnen in Gedanken Lebewohl und ohne ihnen etwas von dem zu verraten, was meinen Geist beschäftigte, erörterte ich mit Wärme mystische Gegenstände; ich erstaunte sie durch eine besondere Beredsamkeit; es kam mir vor, als wüßte ich alles und als enthüllten sich mir die Geheimnisse der Welt in diesen erhabenen Stunden.

Am Abend als die verhängnisvolle Stunde sich zu nähern schien, sprach ich mit zwei Freunden am Tisch eines Klubs über Malerei und Musik und erklärte von meinem Standpunkt aus die Entstehung der Farben und den Sinn der Zahlen. Einer von ihnen, namens Paul ***, wollte mich nach Hause begleiten, aber ich sagte ihm, daß ich nicht heim ginge. »Wo gehst du hin?« frug er mich. »NACH DEM ORIENT.« Und während er mich begleitete, suchte ich am Himmel nach einem

Stern, den ich zu kennen glaubte, wie wenn er einigen Einfluß auf mein Geschick hätte. Nachdem ich ihn gefunden, setzte ich meinen Weg fort und folgte den Straßen, in deren Richtung er sichtbar war. Ich ging sozusagen meinem Geschick entgegen und wollte den Stern beobachten bis zu dem Augenblick, wo der Tod mich treffen würde. Als ich indessen an eine Kreuzung von drei Straßen gelangt war, wollte ich nicht mehr weiter gehen. Es schien mir, als wenn mein Freund eine übermenschliche Kraft entfalte, um mich zu veranlassen, den Platz zu wechseln; er wuchs vor meinen Augen und bekam die Züge eines Apostels. Ich glaubte zu sehen, wie der Ort, wo wir uns befanden, sich erhob und die Form seines städtischen Aussehens verlor. Die Szene verwandelte sich in einen Hügel, den ungeheure Einsamkeit umgab; sie zeigte den Kampf zweier Geister wie eine biblische Versuchung.

»Nein!« sagte ich, »ich gehöre nicht deinem Himmel an. Auf diesem Stern sind die, welche mich erwarten. Sie waren schon vor der Offenbarung, die du angekündigt hast. Laß mich zu ihnen, denn die ich liebe weilt an jenem Ort und dort sollen wir uns wiederfinden.«

III.

HIER hat für mich das begonnen, was ich das Hineinwachsen des Traums in das wirkliche Leben nennen will. Von diesem Moment gewann alles mitunter ein doppeltes Aussehen — und zwar ohne daß das Denken jeder Logik entbehrt und das Gedächtnis die geringsten Einzelheiten dessen, was mir widerfuhr, verloren hätte. Nur meine scheinbar sinnlosen Handlungen waren dem unterworfen, was man nach der menschlichen Vernunft »Illusion« nennt.

Der Gedanke ist mir sehr häufig gekommen, daß sich in gewissen ernsten Augenblicken des Lebens ein solcher Geist der äußern Welt plötzlich in der Gestalt einer alltäglichen Person verkörperte und auf uns wirkte oder zu wirken versuchte, ohne daß diese Person Kenntnis davon hatte oder eine Erinnerung daran bewahrte.

Mein Freund hatte mich verlassen als er sah, daß seine Anstrengungen nutzlos waren und hielt mich zweifellos für die Beute irgendeiner fixen Idee, die das Gehen beruhigen würde. Als ich allein war, erhob ich mich mit Anstrengung und machte mich wieder auf den Weg, wobei ich der Richtung des Sternes folgte, auf den ich den Blick unaufhörlich heftete. Ich sang im Gehen eine geheimnisvolle Hymne, deren ich mich aus einem früheren Leben zu entsinnen glaubte und die mich mit unsäglicher Freude erfüllte. Gleichzeitig legte ich meine irdischen Kleider ab und streute sie um mich aus. Der Weg schien stets anzusteigen und der Stern größer zu werden. Dann blieb ich mit ausgebreiteten Armen stehen und erwartete den Augenblick, wo die magnetisch in den Strahl des Sterns gezogene Seele sich vom Körper trennen würde. Da fühlte ich einen Schauer; die Sehnsucht nach der Erde und denen, die ich dort liebte, griff mir ans Herz; ich beschwor innerlich den GEIST, der mich anzog, so inbrünstig, daß es mir schien als sänke ich wieder zu den Menschen zurück; — ich geriet unter Soldaten, die die Nachtrunde machten. Da hatte ich die Idee, daß ich sehr groß geworden sei, und daß ich durch eine Flut von elektrischen Kräften alles niederwerfen würde, was sich mir näherte. Es war etwas Komisches in der Sorgfalt, mit der ich meine Kräfte im Zaum hielt und das Leben der Soldaten, die mich aufgehoben hatten, verschonte.

Wenn ich nicht überzeugt ware, daß es die Aufgabe eines Schriftstellers ist, aufrichtig zu schildern, was er in den ernsten Lebensumständen empfindet, und wenn ich mir nicht ein Ziel steckte, das ich für nützlich halte, würde ich hier aufhören und nicht versuchen das zu beschreiben, was ich dann in einer Reihe von vielleicht sinnlosen oder gewöhnlichen, krankhaften Visionen empfand.

Ich lag ausgestreckt auf einem Feldbett und glaubte zu sehen, wie der Himmel sich entschleierte und sich in tausend Ausblicken von unerhörten Herrlichkeiten öffnete. Das Schicksal der befreiten Seele schien sich mir zu enthüllen, wie um mir Bedauern darüber einzuflößen, daß ich wieder mit allen Kräften meines Geistes auf der Erde Fuß fassen wollte, die ich zu verlassen im Begriff war. Ungeheure Kreise zeichneten sich in die Unendlichkeit ab wie die Ringe auf dem Wasser, das der Fall eines Körpers beunruhigt; jede Region war von strahlenden Gestalten bevölkert und färbte, bewegte und löste sich abwechselnd auf, und eine sich immer gleiche Gottheit warf lächelnd die heimlichen Masken ihrer verschiedenen Inkarnationen von sich ab und floh endlich unergreifbar in die mystische Helle des Himmels Asiens.

Dieses himmlische Gesicht machte mich durch eines jener Phänomene, die jedermann in gewissen Träumen gefühlt hat, nicht gleichgültig gegen das, was um mich herum vorging. Ich lag auf einem Feldbett und hörte, wie die Soldaten sich um mich herum von einem Unbekannten unterhielten, den man wie mich aufgegriffen hatte, und dessen Stimme in dem gleichen Saal widerhallte. Durch eine sonderbare Vibrationswirkung schien es mir, als ob diese Stimme in meiner Brust mitklänge, und daß meine Seele sich sozusagen verdoppelte, wobei sie sich deutlich zwischen der Vision und der Wirklichkeit teilte. Einen Augenblick hatte ich den Gedanken mich mit Anstrengung nach dem herumzudrehen, von dem die Rede war; dann zitterte ich bei der Erinnerung an eine in Deutschland wohlbekannte Überlieferung, wonach jeder Mensch einen DOPPELGÄNGER hat, und daß, wenn er ihn sieht, sein Tod nahe sei. — Ich schloß die Augen und kam in einen verwirrten Geisteszustand, wo die eingebildeten oder wirklichen Gestalten, die mich umgaben, in tausend flüchtige Erscheinungen zerbarsten. Einen Augenblick sah ich nahe bei mir zwei meiner Freunde, die nach mir fragten. Die Soldaten wiesen auf mich; dann öffnete sich die Tür und jemand von meiner Gestalt, dessen Gesicht ich nicht sah, ging mit meinen Freunden hinaus, die ich vergeblich zurückrief: »Aber man irrt sich«! schrie ich, »sie sind gekommen, um mich zu holen und ein anderer geht mit ihnen fort!« — Ich lärmte so, daß man mich in Arrest brachte. Dort blieb ich mehrere Stunden in einer Art Stumpfheit; endlich kamen die beiden Freunde, die ich schon ZU SEHEN GEGLAUBT HATTE und holten mich mit einem Wagen ab. Ich erzählte ihnen alles, was sich ereignet hatte, aber sie leugneten, in der Nacht gekommen zu sein. Ich aß ziemlich ruhig mit ihnen zu Abend, aber je näher die Nacht herankam, desto deutlicher schien es mir, daß ich dieselbe Stunde zu fürchten hätte, die mir am Abend vorher fast verhängnisvoll geworden wäre. Ich verlangte von einem von ihnen einen orientalischen Ring, den er am Finger trug und den ich für einen alten Talisman hielt. Ich knüpfte ihn mit einem seidenen Tuch um den Hals und bemühte mich den Stein, einen Türkisen, auf den Punkt meines Nackens zu drehen, wo ich Schmerzen fühlte. Meiner Ansicht nach war es dieser Punkt, bei dem die Seele zu entfliehen in Gefahr war und zwar in dem Augenblick, wo ein gewisser Strahl des Sterns, den ich am Vorabend gesehen hatte, in Beziehung zu mir mit dem Zenith zusammentreffen würde. Sei es Zufall, sei es die Wirkung meiner starken Voreingenommenheit, ich stürzte zur selben Stunde wie am Vorabend wie vom Blitz getroffen nieder. Man legte mich auf ein Bett und während langer Zeit verlor ich den Sinn und den Zusammenhang der Bilder, die sich vor mir abrollten. Dieser Zustand dauerte mehrere Tage. Ich wurde in eine Heilanstalt verbracht. Viele Verwandte und Freunde besuchten mich, ohne daß ich Kenntnis davon gehabt hätte. Der einzige Unterschied, der für mich zwischen Wachen und Schlafen bestand, war, daß sich während des Wachens alles vor meinen Augen umformte; jede Person, die sich mir näherte, schien verändert, die materiellen Dinge hatten etwas wie einen Halbschatten, der ihre Form umgestaltete, und die Spiele des Lichts, die Verbindungen der Farben lösten sich auf, so daß sie mich in einer beharrlichen Folge von miteinander verbundenen Eindrücken hielten. Dadurch, daß ich träumte, waren sie mehr von den äußeren Elementen befreit und verloren nicht an Wahrscheinlichkeit.

IV

EINES Abends glaubte ich ganz bestimmt, an die Ufer des Rheins versetzt zu sein. Gegenüber von mir befanden sich finstere Felsen, deren Perspektive sich im Schatten andeutete. Ich trat in ein freundliches Haus, durch dessen weinumwachsene grüne Läden ein Strahl der untergehenden Sonne fiel. Es schien mir, als kehrte ich in eine bekannte Wohnung zurück, nämlich in die eines Onkels mütterlicherseits, eines flämischen Malers, der seit mehr als einem Jahrhundert tot war. Entwürfe zu Bildern waren hie und da aufgehängt, einer davon stellte die berühmte Fee dieses Gestades dar. Eine alte Magd, die ich Margarete nannte und die ich seit der Kindheit zu kennen wähnte, sagte zu mir: »Wollen Sie sich nicht auf das Bett legen? Denn Sie kommen von weit her, und Ihr Onkel wird spät zurückkommen; man wird Sie zum Abendessen wecken.« Ich streckte mich auf einem Bett mit Säulen aus, das mit blauem, groß und rotgeblumtem Tuch drapiert war. Gegenüber von mir hing an der Wand eine bäurische Uhr und darauf saß ein Vogel, der mit mir wie ein Mensch zu reden anhub. Und ich hatte den Gedanken, daß die Seele meines Ahnen in diesem Vogel sei; aber ich war ebensowenig erstaunt über seine Sprache und seine Gestalt als darüber, daß ich mich ein Jahrhundert zurückversetzt sah. Der Vogel sprach zu mir von lebenden oder zu verschiedenen Zeiten verstorbenen Familienmitgliedern, wie wenn sie gleichzeitig existierten und sagte zu mir: »Sie sehen, Ihr Onkel hat Sorge getragen, SEIN Bildnis im voraus zu machen . . . jetzt lebt SIE mit uns.« Ich richtete die Augen auf eine Leinwand, die eine Frau in altdeutscher Tracht darstellte, die sich über das Flußufer beugte und den Blick auf einen Busch Vergißmeinnicht heftete.

— Indessen wurde die Nacht immer dichter, und das Aussehen, die Laute und die Stimmung der Orte verwischten sich in meinem schläfrigen Geist; ich glaubte in einen Abgrund zu stürzen, der die Erdkugel durchschnitt. Ich fühlte mich schmerzlos von einem Strom geschmolzenen Metalls fortgetrieben und tausend ähnliche Flüsse, deren Färbungen die chemischen Verschiedenheiten anzeigten, durchfurchten den Schoß der Erde wie die Gefäße und Adern, die sich zwischen den Gehirnlappen schlängeln. Alle strömten, kreisten und zitterten so, und ich hatte das Gefühl, daß diese Flusse aus lebenden Seelen im Molekularzustand beständen, und daß die Geschwindigkeit dieser Reise allein mich verhinderte ihn zu erkennen. Eine bleiche Helligkeit zog allmählich in diese Kanäle ein und ich sah endlich einen neuen Horizont sich wie eine gewaltige Kuppel erweitern, wo sich Inseln abzeichneten, die von leuchtenden Fluten umgeben waren. Ich befand mich auf einer von diesem sonnelosen Tag erleuchteten Küste, und sah einen Greis, der das Land bestellte. Ich erkannte in ihm denselben, der mit der Stimme des Vogels zu mir geredet hatte, und sei es, daß er mit mir sprach, sei es, daß ich ihn in meinem Innern verstand, es wurde mir klar, daß die Vorfahren die Gestalt gewisser Tiere annehmen, um uns auf der Erde zu besuchen, und daß sie so als stumme Beobachter den Phasen unserer Existenz beiwohnen.

Der Greis verließ seine Arbeit und begleitete mich bis zu seinem Haus, das sich in der Nähe erhob. Die Landschaft, die uns umgab, erinnerte mich an einen Teil von Französisch-Flandern, wo meine Eltern gelebt haben und wo sich ihre Gräber befinden; das von Gebüschen umgebene Feld am Waldrand, der benachbarte See, der Fluß und der Waschplatz, das Dorf mit seiner ansteigenden Straße, der Hügel aus dunkelm Sandstein und die Büschel aus Ginster und Heidekraut, — alles das war ein verjüngtes Bild der Orte, die ich geliebt habe. Nur das Haus, in das ich trat, war mir unbekannt. Ich begriff, daß es in ich weiß nicht welcher Zeit bestanden hat und daß in der Welt, die ich eben besuchte, das Gespenst der Dinge das des Körpers begleitete.

Ich trat in einen geräumigen Saal, wo viele Menschen versammelt waren. Überall entdeckte ich bekannte Gesichter. Die Züge der toten Verwandten, die ich beweint hatte, fanden sich in anderen wieder, die mir, in altmodischen Kleidern, denselben väterlichen Empfang bereiteten. Sie schienen zu einer Familientafel vereinigt zu sein. Einer dieser Verwandten kam auf mich zu und umarmte mich zärtlich. Er trug ein altertümliches Gewand, dessen Farben verblichen schienen, und sein lächelndes Antlitz unter den gepuderten Haaren hatte einige Ähnlichkeit mit dem meinen. Er schien mir ausgesprochener lebendig zu sein als die andern und sozusagen in freiwilligerem Rapport mit meinem Geist. — Es war mein Onkel. Er hieß mich neben sich sitzen, und eine Art Verbindung stellte sich zwischen uns her; denn ich kann nicht sagen, daß ich seine Stimme gehört hätte; nur in dem Maße, als ich meine Gedanken auf einen Punkt richtete, wurde mir sogleich seine Bedeutung klar, und die Bilder wurden vor meinen Augen so bestimmt wie belebte Gemälde.

»Es ist also wahr,« sagte ich mit Entzücken, »wir sind unsterblich und behalten hier die Bilder der Welt, die wir bewohnt haben. Welch ein Glück zu denken, daß alles was wir geliebt haben, immer um uns herum bestehen wird! Ich war des Lebens recht müde!« . . .

»Freue dich nicht zu früh,« sagte er, »denn du gehörst noch der oberen Welt an, und du hast noch rauhe Prüfungsjahre zu bestehen. Der Aufenthalt, der dich entzückt, hat selbst seine Schmerzen, Kämpfe und Gefahren! Die Erde, die wir bewohnt haben, ist stets der Schauplatz, wo sich unsere Geschicke knüpfen und lösen; wir sind die Strahlen des zentralen Feuers, das sie belebt und das sich schon abgeschwächt hat« . . . . — »Ach was!« sagte ich, »die Erde könnte sterben und wir würden von dem Nichts verschlungen?« — »Das Nichts«, sagte er, »besteht nicht in dem Sinn wie man es meint; aber die Erde ist selbst ein materieller Körper, dessen geistiger Extrakt die Seele ist. Die Materie kann nicht mehr zugrund gehen als der Geist, aber sie kann sich verändern nach dem Guten und nach dem Bösen. Unsre Vergangenheit und unsre Zukunft sind eins. Wir leben in unsrer Rasse und unsre Rasse lebt in uns.«

Dieser Gedanke leuchtete mir sogleich ein, und wie wenn sich die Mauern des Saales auf unendliche Perspektiven geöffnet hätten, schien es mir als sähe ich eine ununterbrochene Kette von Männern und Frauen, in denen ich enthalten war und die ich selbst waren. Die Trachten aller Völker, die Bilder aller Länder erschienen gleichzeitig deutlich, wie wenn sich meine Beobachtungsfähigkeiten vervielfacht hätten, ohne sich zu verwirren; dies geschah durch ein Wunder des Raums gleich dem der Zeit, das ein Jahrhundert voll Taten in eine Traumminute zusammenpreßt. Mein Befremden wuchs als ich sah, daß diese ungeheure Menge nur aus Personen bestand, die sich im Saal befanden und deren Bilder sich vor meinen Augen in tausend flüchtigen Erscheinungen getrennt und verbunden hatten.

»Wir sind sieben«, sagte ich zu meinem Onkel.

»Das ist tatsächlich«, sagte er, »die typische Zahl jeder menschlichen Familie und im Falle der Ausdehnung sieben mal sieben oder mehr.«

Ich kann nicht hoffen, diese Antwort verständlich zu machen, die für mich selbst sehr dunkel geblieben ist. Die Metaphysik versorgte mich nicht mit Ausdrücken für die Beobachtung, die von den Beziehungen dieser Personenzahl zur allgemeinen Harmonie herrührte. Man begreift wohl im Vater und der Mutter die Analogie der elektrischen Naturkräfte, aber wie soll man die individuellen Zentren feststellen, die sie ausströmen, wovon sie ausströmen wie eine animische Gesamtfigur, derenZusammensetzung gleichzeitig mannigfaltig und begrenzt wäre? Geradesogut könnte man von der Blume Rechenschaft fordern für die Zahl ihrer Blütenblätter oder für die Einteilung ihrer Krone, ... von der Erde für die Formen, die sie bildet, von der Sonne für die Farben, die sie schafft.

V.

ALLES um mich herum wechselte seine Gestalt. Der Geist, mit dem ich mich unterhielt, hatte nicht mehr dasselbe Aussehen. Es war ein junger Mann, der von nun an mehr von mir die Gedanken erhielt, als daß er sie mir mitteilte . . . War ich zu weit in jene Höhen gestiegen, wo einen der Schwindel erfaßt? Ich glaubte zu verstehen, daß solche Fragen dunkel oder gefährlich seien selbst für die Geister der Welt, die ich damals wahrnahm. Vielleicht untersagte mir auch eine höhere Macht die Nachforschungen. Ich sah mich in den Straßen einer stark bevölkerten, unbekannten Stadt umherirren. Ich bemerkte, daß sie von hügeligen Rücken durchzogen und von einem ganz mit Wohnstätten bedeckten Berg beherrscht war. Zwischen dem Volk dieser Hauptstadt unterschied ich gewisse Menschen, die einer besonderen Nation anzugehören schienen; ihre lebhaften, entschlossenen Mienen, der energische Ausdruck ihrer Züge veranlaßten mich, an die unabhängigen und kriegerischen Gebirgs- oder Inselvölker zu denken, die wenig von Fremden besucht werden; indessen war es mitten in einer großen Stadt, mit einer gemischten und gewöhnlichen Bevölkerung, wo sie ihre wilde Eigenart aufrecht zu erhalten wußten. Wer waren denn diese Menschen? Mein Führer ließ mich abschüssige und lärmvolle Straßen erklimmen, die von den verschiedenartigen Geräuschen der Tätigkeit widerhallten. Wir stiegen noch lange Reihen von Treppen empor, hinter welchen sich die Aussicht erschloß.

Hie und da sah man mit Gitterwerk bekleidete Terrassen, kleine, in geebneten Zwischenräumen angelegte Gärtchen, Dächer, leicht gebaute Pavillons, die mit launiger Geduld bemalt und ausgehauen waren; Fernsichten, die durch lange Streifen von kletterndem Grün miteinander verbunden waren, verführten das Auge und erfreuten den Geist wie der Anblick einer köstlichen Oase einer unbekannten Einsamkeit oberhalb der Wirrnis jener von unten kommenden Geräusche, die hier nur mehr ein Gemurmel waren. Man hat oft von geächteten Völkern gesprochen, die im Schatten der Totenstädte und der Grüfte leben. Hier war zweifellos das Gegenteil der Fall. Ein glückliches Geschlecht hatte sich diesen Zufluchtsort geschaffen, den Vögel, Blumen, reine Luft und Helle liebten. »Das sind«, sagte mir mein Führer, »die alten Bewohner dieser Berge, die die Stadt beherrschen, in der wir eben weilen. Lange haben sie hier gelebt, hatten einfache Sitten, liebten sich und waren gerecht und behielten die natürlichen Tugenden der ersten Erdentage. Das benachbarte Volk ehrte sie und richtete sich nach ihnen.«

Von dem Punkt, wo ich mich eben befand, stieg ich meinem Führer folgend hinunter und gelangte in eine dieser hohen Behausungen, deren vereinte Dächer einen so sonderbaren Anblick boten. Es schien mir, als ob meine Füße sich in die aufeinanderfolgenden Schichten der Gebäude verschiedener Zeitalter eingrüben. Diese Gespenster der Bauten deckten immer wieder andere auf, wo sich der eigentümliche Geschmack jedes Jahrhunderts zeigte und das war wie der Anblick von Nachgrabungen, die man in den antiken Städten vornimmt, außer daß alles luftig, lebendig und von tausend Lichtern durchspielt war.

Endlich befand ich mich in einem geräumigen Zimmer, wo ich einen Greis vor einem Tisch mit ich weiß nicht was für einem Handwerk beschäftigt sah. Im Augenblick, als ich die Tür durchschritt, bedrohte mich ein weißgekleideter Mann, dessen Gesicht ich schlecht unterschied, mit einer Waffe, die er in der Hand hielt; aber der, welcher mich geleitete, machte ihm ein Zeichen sich zu entfernen. Es schien, als wolle man mich verhindern, das Geheimnis dieser Abgeschiedenheit zu durchdringen. Ohne meinen Führer zu fragen, begriff ich intuitiv, daß diese Höhen und gleichzeitig diese Tiefen der Zufluchtsort der primitiven Bergbewohner waren. Sie trotzten stets der überschwemmenden Flut der Rassenanhäufung und lebten hier einfach von Sitten, liebend und gerecht, geschickt, stark und erfinderisch, — und als friedfertige Besieger der blinden Massen, die so oft ihr Erbteil überfallen hatten.

Wie? weder verderbt, noch vernichtet, noch Sklaven, rein, obwohl sie die Unwissenheit besiegt haben, im Wohlstand von den Tugenden der Armut erfüllt! — Ein Kind ergötzte sich am Boden mit Kristallen, Muscheln und gravierten Steinen und machte zweifellos aus dem Studium ein Spiel. Eine bejahrte aber noch schöne Frau beschäftigte sich mit den Sorgen des Haushalts. In diesem Augenblick traten mehrere junge Leute lärmend ein, als ob sie von ihren Arbeiten heimkehrten. Ich war erstaunt, sie alle in Weiß gekleidet zu sehen; aber das war, wie es scheint, nur eine Täuschung meiner Augen. Um mir das klar zu machen, begann mein Führer ihre Kleidung als lebhaft farbig zu beschreiben, wobei er mir zu verstehen gab, daß sie in Wirklichkeit so wäre. Das Weiß, das mich befremdete, kam vielleicht von einem besonderen Glanz, von einem Lichterspiel, wobei sich die gewöhnlichen Farben des Prismas vermischten.

Ich ging aus dem Zimmer und befand mich auf einer in einen Ziergarten verwandelten Terrasse. Hier gingen junge Mädchen und Kinder spazieren und spielten. Ihre Kleider erschienen mir weiß wie die andern, aber sie waren mit rosa Stickereien verziert. Diese Geschöpfe waren so schön, ihre Züge so lieblich und der Glanz ihrer Seele leuchtete so lebhaft durch ihre zarten Formen, daß sie alle eine Art Liebe ohne Bevorzugung und ohne Begierde einflößten, die den ganzen Taumel der grenzenlosen Jugendleidenschaften zusammenfaßte.

Ich kann das Gefühl nicht wiedergeben, das ich inmitten dieser entzückenden Wesen empfand, die mir teuer waren, ohne daß ich sie kannte. Es war wie eine primitive und himmlische Familie, deren lächelnde Augen die meinen mit sanfter Teilnahme suchten; ich fing an heiße Tränen zu weinen, wie in Erinnerung an ein verlorenes Paradies. Da fühlte ich bitter, daß ich nur Reisender in dieser zugleich fremden und geliebten Welt war, und ich zitterte bei dem Gedanken, daß ich ins Leben zurückkehren müsse. Umsonst drängten sich die Frauen und Kinder um mich wie um mich zurückzuhalten. Schon verschmolzen ihre hinreißenden Formen in wirren Nebeln; diese schönen Gesichter erbleichten, diese bestimmten Züge, diese schimmernden Augen verloren sich in einem Schatten, wo noch der letzte Strahl des Lächelns leuchtete . . . . . .

So war diese Vision oder so waren wenigstens die Haupteinzelheiten, die ich in Erinnerung behalten habe. Der kataleptische Zustand, in dem ich mich mehrere Tage lang befunden hatte, wurde mir wissenschaftlich erklärt und die Berichte derer, die mich so gesehen hatten, versetzten mich in eine Art Gereiztheit als ich sah, daß man der Geistesverirrung die Bewegungen und Worte zuschrieb, die für mich mit den verschiedenen Phasen einer logischen Kette von Ereignissen zusammenfielen. Ich liebte mehr die meiner Freunde, die aus geduldiger Gefälligkeit oder in Folge ähnlicher Gedanken mich zu langen Erzählungen der Dinge veranlaßten, die ich im Geist gesehen hatte. Einer von ihnen sagte weinend zu mir: »Nicht wahr, es gibt einen Gott?« — »Ja«, sagte ich voll Begeisterung zu ihm. Und wir umarmten uns wie zwei Brüder dieses mystischen Vaterlandes, das ich geschaut hatte. — Welches Glück fand ich zuerst in dieser Überzeugung! So war der ewige Zweifel an der Unsterblichkeit der Seele, der die besten Geister angreift, für mich entschieden. Kein Tod mehr, keine Traurigkeit, keine Unruhe! Die, welche ich liebte, Eltern, Freunde gaben mir sichere Zeichen ihres ewigen Lebens, und ich war von ihnen nur noch durch die Stunden des Tages getrennt. Die der Nacht erwartete ich in einer sanften Schwermut.

VI.

EIN Traum, den ich außerdem hatte, bestärkte mich in diesem Gedanken. Ich befand mich plötzlich in einem Saal, der zu der Wohnung meines Ahnen gehörte. Der Raum schien sich nur vergrößert zu haben. Die alten Möbel strahlten in wunderbarem Glanz, die Teppiche und die Vorhänge waren wie neu hergestellt, ein Tageslicht, dreimal leuchtender als der natürliche Tag, drang durch Fenster und Tür und in der Luft lag eine Frische und ein Duft wie an einem ersten lauen Frühlingsmorgen. Drei Frauen arbeiteten in diesem Zimmer und stellten ohne ihnen genau zu gleichen Verwandte und Freundinnen meiner Jugend vor. Es schien mir, als wenn jede von ihnen die Züge von mehreren dieser Personen in sich vereinte. Die Umrisse ihrer Gestalten wechselten wie die Flamme einer Lampe und jeden Augenblick ging etwas von der einen in die andere über; das Lächeln, die Stimme, die Farbe der Augen, des Haars, die Gestalt, die vertrauten Bewegungen vertauschten sich wie wenn sie dasselbe Leben gelebt hätten, und jede war so eine Zusammensetzung von allen, gleich jenen Typen, die die Maler nach mehreren Modellen bilden, um eine vollendete Schönheit darzustellen.

Die älteste sprach zu mir mit zitternder, melodischer Stimme, die mir aus meiner Jugend bekannt vorkam, und ich weiß nicht, was sie zu mir sagte, was mich durch seine tiefe Richtigkeit verblüffte. Aber sie lenkte meine Gedanken auf mich selbst, und ich sah mich in einen kleinen, braunen Anzug von altertümlichem Schnitt gekleidet, der ganz mit der Nadel gewirkt war und dessen Fäden so fein waren wie Spinneweben. Er war gefällig, zierlich und mit süßen Düften getränkt. Ich fühlte mich ganz verjüngt und ganz geputzt in diesem Kleidungsstück, das aus ihren Feenhänden hervorging und ich dankte ihnen errötend, wie wenn ich noch ein kleines Kind gewesen wäre, das vor großen, schönen Damen steht. Da stand eine von ihnen auf und wand sich nach dem Garten.

Jeder weiß, daß man in Träumen nie die Sonne sieht, obwohl man oft die Überzeugung einer viel intensiveren Helligkeit hat. Die Gegenstände und die Körper leuchten aus sich selbst. Ich sah mich in einem kleinen Park, wo sich die Spaliere zu Bogenlauben formten, die mit schweren schwarzen und weißen Weintrauben behängt waren; in dem Maße, als die Dame, welche mich führte, unter diesem Laubengang vorwärts ging, veränderte der Schatten der gekreuzten Gitter für meine Augen seine Formen und seine Umhüllung. Sie kam endlich darunter hervor und wir befanden uns in einem offenen Raum. Darin bemerkte man kaum noch die Spur alter Wandelgänge, die ihn früher kreuzweise durchschnitten hatten. Die Pflege war seit langen Jahren vernachlässigt und verstreute Setzlinge von Klematis, Hopfen, Geißblatt, Jasmin, Efeu und Osterluzei verbreiteten zwischen den kräftig gewachsenen Bäumen ihre langen lianenartigen Schlingen. Zweige neigten sich mit Früchten beladen bis zur Erde und zwischen schmarotzerhaft wuchernden Grasbündeln waren einige Gartenblumen aufgeblüht, die in den Zustand der Verwilderung zurückgefallen waren. Hie und da erhoben sich dichte Gruppen von Pappeln, Akazien und Fichten, aus deren Innern man altersgeschwärzte Statuen hervorschauen sah. Ich bemerkte vor mir eine Anhäufung von Felsen, die mit Efeu bewachsen waren, aus denen ein lebhafter Quell entsprang, dessen harmonisches Geplätscher in einem Bassin von stehendem Wasser widerhallte, das mit breiten Seerosenblättern halb verschleiert war.

Die Dame, der ich folgte, enthüllte ihre schlanke Gestalt mit einer Bewegung, welche die Falten ihres schillernden Taftkleides schimmern ließ, und umfaßte graziös mit ihrem nackten Arm den langen Stengel einer Stockrose; dann fing sie unter einem klaren Lichtschein zu wachsen an, so daß nach und nach der Garten ihre Gestalt annahm, und die Blumenbeete und Bäume, die Rosetten und Girlanden ihre Kleider wurden, während ihre Gestalt und ihre Arme ihre Umrisse den purpurnen Himmelswolken ausprägten. So verlor ich sie in dem Maß, wie sie sich verwandelte, aus den Augen, denn sie schien sich in ihrer eigenen Größe zu verflüchtigen. »O, fliehe nicht,« rief ich aus, »denn die Natur stirbt mit dir!«

Als ich diese Worte sprach, schritt ich mühselig zwischen den Dornen, wie um den vergrößerten Schatten, der mir entschlüpft war, zu ergreifen; aber ich stieß an eine beschädigte Mauerecke, an deren Fuß die Büste einer Frau lag; als ich sie aufhob, hatte ich die Überzeugung,

daß es die ihre sei . . . Ich erkannte die geliebten Züge wieder und als ich die Augen
herumschweifen ließ, merkte ich, daß der Garten jetzt wie ein Friedhof aussah. Stimmen sagten:
»Das Weltall ist in der Nacht!«

NACH diesem Traum, der anfangs so glücklich war, bemächtigte sich meiner eine große Bestürzung. Was bedeutete er? Ich wußte es erst später, Aurelia war tot.

Zuerst bekam ich nur die Nachricht von ihrer Krankheit. Als Folge meines Geisteszustands empfand ich nur einen unbestimmten, mit Hoffnung gemischten Kummer. Ich glaubte, daß ich selbst nur noch kurze Zeit zu leben hätte und war von nun an des Vorhandenseins einer Welt sicher, wo die liebenden Herzen sich wiederfinden. Übrigens gehörte sie mir im Tode viel mehr als im Leben . . . ein selbstsüchtiger Gedanke, den mein Verstand später mit bitterer Reue bezahlen mußte.

Ich möchte nicht zu sehr auf Ahnungen bauen; der Zufall macht sonderbare Sachen; aber ich war damals stark von einer Erinnerung an unsre so rasche Vereinigung beschäftigt. Ich hatte ihr einen Ring von alter Arbeit gegeben, dessen Stein ein herzförmig geschnittener Opal bildete. Da dieser Ring für ihren Finger zu groß war, hatte ich die verhängnisvolle Idee gehabt, ihn durchschneiden zu lassen, um den Reif zu verkleinern. Ich verstand meinen Fehler erst, als ich das Geräusch der Säge hörte. Es schien mir, als sähe ich Blut fließen . . . . .

Sorgfalt und Kunst hatten mir die Gesundheit wiedergegeben, ohne noch in meinen Geist den regelmäßigen Gang der menschlichen Vernunft zurückgeführt zu haben. Das Haus, in dem ich mich befand, lag auf einer Anhöhe und hatte einen weitläufigen mit kostbaren Bäumen bepflanzten Garten. Die reine Luft des Hügels, auf dem es lag, der erste Hauch des Frühlings, die Annehmlichkeit einer durchaus sympathischen Gesellschaft verschafften mir lange Tage der Ruhe.

Die ersten Blätter der Sykomoren entzückten mich durch die Lebhaftigkeit ihrer Farben, die dem Federbusch eines Pharaohahns glichen. Die Aussicht, die sich über die Ebene erstreckte, zeigte vom Morgen bis zum Abend entzückende Horizonte, deren abgestufte Farbentöne meine Einbildungskraft erfreuten. Ich bevölkerte die Abhänge und die Wolken mit göttlichen Gestalten, deren Umrisse ich deutlich zu sehen meinte. — Ich wollte meine Lieblingsgedanken besser festhalten und bedeckte bald mit Hilfe von Kohle- und Ziegelstückchen, die ich auflas, die Mauern mit einer Serie von Fresken, wo sich meine Eindrücke verwirklichten. Eine Gestalt herrschte immer vor: die Aurelias, die mit den Zügen einer Göttlichkeit gemalt war, so wie sie mir im Traum erschienen war. Unter ihren Füßen drehte sich ein Rad und die Götter bildeten ihren Zug. Es gelang mir, diese Gruppe zu kolorieren, indem ich den Saft der Gräser und Blumen auspreßte. — Wie oft habe ich vor diesem geliebten Idol geträumt. Ich tat noch mehr; ich versuchte den Körper derer, die ich liebte, aus Erde nachzubilden; jeden Morgen mußte ich meine Arbeit wieder machen, denn die Verrückten, die eifersüchtig auf mein Glück waren, gefielen sich darin, sein Bild zu zerstören.

Man gab mir Papier und lange Zeit hindurch befleißigte ich mich durch tausend Figuren, die von Erzählungen, von Versen und Inschriften in allen bekannten Sprachen begleitet waren, eine Art Weltgeschichte darzustellen, die mit Erinnerungen an Studien und mit Bruchstücken von Träumen vermischt war, die durch meinen Geisteszustand intensiver oder verlängert erschienen. Ich blieb nicht bei den modernen Überlieferungen der Schöpfung stehen. Mein Gedanke stieg darüber hinaus. Ich sah wie in einer Erinnerung den ersten Bund, der von Genien mit Hilfe von Talismanen geschlossen wurde. Ich hatte versucht, die Steine der heiligen Tafelrunde zusammenzustellen, und um sie herum die sieben ersten Elohim darzustellen, die sich in die Welt geteilt haben.

Dieses System der Geschichte, die ich den orientalischen Überlieferungen entnahm, fing mit der glücklichen Einigung der »Naturmächte« an, die das Weltall gestalteten und organisierten. — Während der Nacht, die meiner Arbeit voranging, glaubte ich mich auf einen dunkeln Planeten versetzt, wo die ersten Keime der Schöpfung umherschwirrten. Aus dem Schoß des noch weichen Tons erhoben sich riesenhafte Palmbäume, giftige Euphorbien und um Kakteen gewundene Akanthusstauden; die ausgetrockneten Formen der Felsen stürzten hervor wie Skelette dieses Schöpfungsentwurfs und scheußliche Reptilien schlängelten sich, machten sich breit oder rundeten sich mitten in diesem unentwirrbaren Netz einer wilden Vegetation. Das bleiche Sternenlicht erhellte allein die bläulichen Perspektiven dieses seltsamen Horizonts; in dem Maß jedoch, als diese Schöpfungen Form gewannen, zog ein hellerer Stern aus ihnen die Keime des Lichts.

VIII.

DANN veränderten die Ungeheuer ihre Gestalt, streiften ihre erste Haut ab und richteten sich mit ihren riesenhaften Tatzen mächtiger auf; die ungeheure Masse ihrer Körper zerbrach die Zweige und zerstörte das Gras und in der Unordnung der Natur lieferten sie Schlachten, an denen ich selbst teilnahm, denn ich hatte einen ebenso sonderbaren Körper wie sie selbst. Plötzlich tönte eine seltsame Harmonie in unsere Einsamkeit und es schien als ob das verwirrte Schreien, Heulen und Pfeifen der primitiven Wesen hinfort in diese göttliche Weise überginge. Die Variationen folgten einander ins Unendliche, der Planet erhellte sich allmählich, göttliche Formen zeichneten sich auf dem Grün und in den Tiefen der Gebüsche ab, und die nun zahmen Ungeheuer, die ich gesehen hatte, warfen ihre sonderbaren Formen von sich und wurden Männer und Frauen; andere bekleideten sich in ihren Verwandlungen wieder mit den Gestalten von wilden Tieren, Fischen und Vögeln.

Wer hatte wohl dieses Wunder vollbracht? Eine strahlende Göttin führte in diese neuen »Avatars« die rasche Entwicklung der Menschheit. Es wurde jetzt eine Unterscheidung der Rassen eingeführt, die von der Ordnung der Vögel ausging und auch die Vierfüßler, die Fische und die Reptilien mitinbegriff: das waren die Devas, die Peris, die Undinen und die Salamander; jedesmal wenn eines dieser Wesen starb erstand es sogleich wieder unter schönerer Form und sang den Ruhm der Götter. — Indessen hatte einer der Elohim den Gedanken, ein fünftes Geschlecht zu gründen, das sich aus den Elementen der Erde zusammensetzen sollte, das man Afriten nannte. — Das war das Zeichen zu einer vollständigen Umwälzung unter den Geistern, die die neuen Weltbesitzer nicht anerkennen wollten. Ich weiß nicht, wieviel tausend Jahre diese Kämpfe dauerten, die den Erdball mit Blut überschwemmten. Drei der Elohim wurden schließlich mit den Geistern ihrer Geschlechter nach dem Süden der Erde verbannt, wo sie ungeheure Reiche gründeten. Sie hatten die Geheimnisse der göttlichen Kabbala, die die Welten verbindet, mit sich genommen und nahmen ihre Kraft aus der Anbetung gewisser Gestirne, mit denen sie stets in Verbindung stehen. Diese Nekromanten, die an die äußersten Grenzen der Erde verbannt wurden, hatten sich verständigt, um einander die Macht zu übertragen. Jeder ihrer Herrscher war von Frauen und Sklaven umgeben und hatte sich der Macht versichert, unter der Gestalt seiner Kinder wiedergeboren zu werden. Ihr Leben währte tausend Jahre. Mächtige Kabbalisten schlossen sie beim Herannahen ihres Todes in wohlbewachte Grabstätten ein, wo sie mit Elixieren und lebenerhaltenden Stoffen ernährt wurden. Lange noch behielten sie den Anschein des Lebens, dann schliefen sie vierzig Tage wie die Schmetterlingspuppe, die ihren Kokon spinnt, und dann erstanden sie wieder unter der Gestalt eines kleinen Kindes, das später in das Reich berufen wurde. Indessen erschöpften sich die lebenspendenden Kräfte der Erde beim Ernähren dieser Familien, deren immer gleiches Blut neue Nachkommen gebar. In weiten unterirdischen Gewölben, die unter Totengrüften und Pyramiden ausgehöhlt waren, hatten sie alle Schätze der vergangenen Geschlechter aufgehäuft und gewisse Talismane, die sie gegen den Zorn der Götter schützten, versteckt.

Im Innern Afrikas, jenseits des Mondgebirges und des alten Äthiopien fanden diese seltsamen Mysterien statt. Lange hatte ich mit einem Teil des Menschengeschlechts in der Gefangenschaft geseufzt. Die Gesträuche, die ich so grün gesehen, trugen nur mehr bleiche Blüten und welke Blätter. Eine unerbittliche Sonne fraß diese Gegenden, und die schwächlichen Kinder dieser ewigen Dynastien schienen von der Bürde des Lebens niedergedrückt zu sein. Diese erhabene und einförmige Größe, die durch die Etikette und hieratische Gebräuche geregelt war, drückte alle, ohne daß jemand gewagt hätte, sich ihr zu entziehen. Die Greise schmachteten unter dem Gewicht ihrer Kronen und ihrer kaiserlichen Schmuckstücke zwischen Ärzten und Priestern, deren Willen ihnen die Unsterblichkeit sicherte. Was das Volk betrifft, das für immer in Kasten eingezwängt war, so konnte es weder auf das Leben noch auf die Freiheit zählen. Am Fuße der vom Tod getroffenen, unfruchtbaren Bäume, an den versiegten Quellen, sah man auf dem verbrannten Gras Kinder und junge, entnervte und farblose Frauen dahinsiechen. Die Pracht der königlichen Gemächer, die Majestät der Säulenhallen, der Glanz der Kleider und des Schmucks waren nur ein schwacher Trost für die ewige Langweile dieser Einsamkeit. Bald wurden die Völker durch Krankheiten dezimiert, die Tiere und Pflanzen starben, und die Unsterblichen selbst verfielen unter ihren prächtigen Gewändern. Eine Geißel, die größer war als alle andern, kam plötzlich und verjüngte und rettete die Welt. Das Sternbild des Orion eröffnete am Himmel die Katarakte der Gewässer; die Erde, die vom Eise des entgegengesetzten Pols zu stark belastet war, machte eine halbe Drehung um sich selbst, und die Meere, die die Gestade überstiegen, überfluteten die Hochebenen Afrikas und Asiens; die Überschwemmung durchdrang den Sand, erfüllte die Gräber und die Pyramiden und vierzig Tage lang schwamm eine geheimnisvolle Arche auf den Meeren und trug die Hoffnung einer neuen Schöpfung.

Drei der Elohim hatten sich auf den höchsten Gipfel der afrikanischen Berge geflüchtet. Unter ihnen wurde ein Kampf ausgefochten. Hier verwirrt sich mein Gedächtnis und ich weiß nicht, was das Ergebnis dieses erhabenen Streites war. Nur sehe ich noch aufrecht auf einem von Wasser umspülten Gipfel ein von ihnen verlassenes Weib, das mit aufgelöstem Haar schreit und sich gegen den Tod wehrt. Ihre Klagerufe übertönten den Lärm der Wasser . . . . Wurde sie gerettet? Ich weiß es nicht. Die Götter, ihre Brüder, hatten sie verdammt, aber über ihrem Haupt glänzte der Abendstern, der seine Flammenstrahlen über ihre Stirn ergoß.

Die unterbrochene Hymne der Erde und der Himmel hallte harmonisch wieder, um die Eintracht der neuen Geschlechter zu weihen. Und während die Söhne Noahs mühsam unter den Strahlen einer neuen Sonne arbeiteten, bewachten die in ihren unterirdischen Gewölben kauernden Nekromanten immer noch ihre Schätze und gefielen sich in dem Schweigen der Nacht. Hie und da kamen sie schüchtern aus ihren Zufluchtsstätten und erschreckten die Lebenden oder verbreiteten unter den Bösen die verderblichen Lehren ihres Wissens.

Das sind die Erinnerungen, die ich in einer Art unklarer Intuition der Vergangenheit schilderte: ich schauderte, indem ich die scheußlichen Züge dieser verfluchten Geschlechter darstellte. Überall starb, weinte oder seufzte das Leidensbild der »Ewigen Mutter«. Quer durch die wirren Zivilisationen Asiens und Afrikas sah man eine blutige Szene von Orgien und Gemetzel sich stets wiederholen, die von denselben Geistern in immer neuen Formen hervorgebracht wurden.

Die letzte fand in Granada statt, wo der geheiligte Talisman unter den feindlichen Körpern der Christen und der Mauren zertrümmert wurde. Wieviel Jahre wird die Welt noch zu leiden haben, denn die Rache dieser ewigen Feinde muß sich unter andern Himmeln erneuern! Das sind die abgeteilten Stücke der Schlange, die den Erdkreis umgibt . . . . . Das Eisen hat sie getrennt und sie vereinigen sich in einem scheußlichen, mit Menschenblut verklebten Kuß.

IX.

SO waren die Bilder, die sich der Reihe nach vor meinen Augen zeigten. Nach und nach war wieder Ruhe über meinen Geist gekommen und ich verließ diese Wohnstätte, die für mich ein Paradies war; verhängnisvolle Umstände bereiteten lange nachher einen Rückfall vor, der an die unterbrochene Reihenfolge dieser seltsamen Träume wieder anknüpfte.

Ich ging auf dem Land spazieren mit einer Arbeit beschäftigt, die sich auf religiöse Gedanken bezog. Als ich an einem Haus vorüberging, hörte ich einen Vogel, der einige Worte nachsprach, die man ihn gelehrt hatte, aber sein verwirrtes Geschwätz schien mir einen Sinn zu haben; er erinnerte mich an den Vogel der Vision, die ich weiter oben erzählt habe, und ich fühlte einen Schauder von übler Vorbedeutung. Einige Schritte weiter begegnete ich einem Freund, den ich lange nicht gesehen hatte, und der in einem Nachbarhause wohnte. Er wollte mich sein Besitztum sehen lassen und bei diesem Besuch führte er mich auf eine erhöhte Terrasse, von wo aus sich ein weiter Ausblick eröffnete. Es war bei Sonnenuntergang. Als ich eine ländliche Treppe hinunterstieg, machte ich einen Fehltritt und stieß mit der Brust an die Kante eines Möbels. Ich hatte Kraft genug aufzustehen und bis in die Mitte des Gartens zu stürzen; ich glaubte ich sei zu Tode getroffen und wollte vor dem Sterben einen letzten Blick auf die untergehende Sonne werfen. Mitten in dem Bedauern, das ein solcher Augenblick mit sich bringt, fühlte ich mich glücklich so zu sterben, zu dieser Stunde, inmitten der Bäume, der Traubengeländer und der Herbstblumen. Es war indessen nur eine Ohnmacht, nach welcher ich noch die Kraft fand meine Wohnung zu erreichen und zu Bett zu gehen. Fieber ergriff mich; als ich mich besonnen hatte, von welcher Stelle ich gefallen war, erinnerte ich mich, daß die Aussicht, die ich bewundert hatte, auf einen Friedhof ging und zwar auf denselben, auf dem sich das Grab Aurelias befand. Ich dachte wirklich erst jetzt daran, sonst könnte ich meinen Fall dem Eindruck zuschreiben, den dieser Anblick in mir hätte hervorrufen können. Gerade das brachte mich auf den Gedanken an ein bestimmteres Verhängnis. Um so mehr bedauerte ich, daß der Tod mich nicht mit ihr vereint hatte. Dann, als ich darüber nachdachte, sagte ich mir, daß ich dessen nicht würdig sei. Ich stellte mir verbittert das Leben vor, das ich seit ihrem Tod geführt hatte, und warf mir vor, nicht etwa sie vergessen zu haben, was nicht geschehen war, sondern daß ich durch leichte Liebschaften ihr Andenken geschändet hatte. Mir kam der Gedanke, den Schlaf zu befragen. Aber IHR Bild, das mir oft erschienen war, kehrte in meinen Träumen nicht wieder. Ich hatte zuerst nur verwirrte, mit blutigen Szenen vermischte Träume. Es schien als ob ein ganzes unglückseliges Geschlecht inmitten der idealen Welt entfesselt wäre, die ich früher erblickt hatte und deren Königin sie war.

Derselbe Geist, der mich bedroht hatte, als ich in die Wohnung dieser reinen Familie trat, die die Höhen der »geheimnisvollen Stadt« bewohnten, — glitt vor mir her und zwar nicht mehr in dem weißen Gewand, das er ehemals so wie die andern seiner Rasse trug, sondern gekleidet wie ein orientalischer Prinz. Ich stürzte auf ihn zu und bedrohte ihn, aber er wand sich ruhig zu mir. Welches Entsetzen! Welche Wut! es war MEIN Gesicht, es war meine ganze idealisierte und vergrößerte Gestalt . . . Da erinnerte ich mich des Menschen, der in derselben Nacht wie ich arretiert worden war und den man wie ich dachte unter meinem Namen von der Wache fortgeführt hatte, als meine zwei Freunde gekommen waren, um mich zu holen. Er trug in der Hand eine Waffe, deren Form ich schlecht unterschied, und einer von denen, die ihn begleiteten, sagte: »Damit hat er ihn getroffen!«

Ich weiß nicht, wie ich auseinandersetzen soll, daß in meinen Gedanken die irdischen Ereignisse mit denen der übernatürlichen Welt zusammenfallen konnten; das ist leichter zu fühlen als klar auszudrücken. Aber wer war wohl dieser Geist, der ICH war und der auch AUSSER MIR war? War er der Doppelgänger der Legenden oder der mystische Bruder, den die Orientalen »Ferwer« nennen?

War ich nicht überrascht gewesen von der Geschichte jenes Ritters, der eine ganze Nacht in einem Wald gegen einen Unbekannten kämpfte, der er selbst war? Wie dem auch sei, ich glaube, daß die menschliche Einbildungskraft nichts erfunden hat, was nicht in dieser oder einer andern Welt wahr ist, und ich konnte nicht an dem zweifeln, was ich deutlich GESEHEN hatte.

Ein schrecklicher Gedanke überkam mich: »der Mensch ist doppelt«, sagte ich mir. »Ich fühle zwei Menschen in mir«, hat ein Kirchenvater geschrieben. Das Zusammentreffen zweier Seelen hat diesen gemischten Keim in einen Körper gelegt, der selbst dem Blick zwei ähnliche Teile darbietet, die in allen Organen seines Aufbaues wiederkehren. In jedem Menschen steckt ein Beobachter und ein Handelnder, der, welcher spricht und der, welcher antwortet. Die Orientalen haben darin zwei Feinde gesehen: den guten und den bösen Geist. »Bin ich der gute, bin ich der böse?« sagte ich mir. Auf jeden Fall ist der »ANDERE« mir feindlich . . . Wer weiß, ob es nicht Umstände oder irgendein Alter gibt, wo diese beiden Geister sich trennen. Beide sind durch eine mütterliche Verwandtschaft an denselben Körper gefesselt, vielleicht ist einer zu Ruhm und Glück, der andere zu Vernichtung und ewigem Leiden bestimmt?« — Ein verhängnisvoller Blitz durchschnitt plötzlich diese Dunkelheit . . . Aurelia gehörte mir nicht mehr! . . . Ich glaubte von einer Zeremonie, die sich irgendwo anders vollzog, sprechen zu hören und von den Zurüstungen zu einer mystischen Hochzeit, welche die MEINE war, und wo der ANDERE im Begriff war, den Irrtum meiner Freunde und Aurelias selbst zu benutzen. Die teuersten Personen, die mich besuchten und trösteten, schienen mir eine Beute der Ungewißheit, das heißt, die beiden Teile ihrer Seele trennten sich auch in bezug auf mich; die eine war liebevoll und vertrauend, die andere wie zu Tod erschrocken über mich. In dem, was diese Leute zu mir sagten, lebte ein doppelter Sinn, wenn sie sich auch oft davon keine Rechenschaft ablegten, da sie ja nicht so »im Geist« waren wie ich. Einen Augenblick kam mir dieser Gedanke sogar komisch vor, wenn ich an Amphitrion und an Sofias dachte. Wenn aber dieses groteske Symbol auch etwas anderes war, — wenn es wie in andern Sagen des Altertums die unglückselige Wahrheit unter der Maske der Tollheit war? »Wohlan«, sagte ich mir, »kämpfen wir gegen den verhängnisvollen Geist, kämpfen wir gegen den Gott selbst mit den Waffen der Überlieferung und der Wissenschaft. Was er auch im Schatten der Nacht tun mag, ich existiere — und ich habe um ihn zu besiegen die ganze Zeit, die mir zum Leben auf der Erde noch gegeben ist.

X.

WIE soll ich die seltsame Verzweiflung ausmalen, in die solche Ideen mich nach und nach brachten? Ein böser Geist hatte meinen Platz in der Welt der Seelen eingenommen, — für Aurelia war ich es selbst, und der trostlose Geist, der meinen Körper belebte, und der geschwächt, verkannt und von ihr verachtet war, sah sich für immer der Verzweiflung oder dem Nichts verfallen. Ich entfaltete meine ganze Willenskraft, um das Rätsel, von dem ich einige Schleier gehoben hatte, besser zu durchdringen. Der Traum machte sich manchmal lustig über meine Anstrengungen und führte mir nur verzerrte und flüchtige Gestalten zu. Ich kann hier nur eine ziemlich bizarre Idee wiedergeben von dem, was sich aus dieser Anspannung des Geistes ergab. Ich fühlte mich gleiten wie auf einem ausgespannten Faden, dessen Länge unendlich war. Die Erde, die von farbigen Adern geschmolzenen Metalls durchzogen war, wie ich es schon gesehen hatte, erhellte sich nach und nach durch das Aufglühen des zentralen Feuers, dessen Weiße mit den kirschroten Tönen verschmolz, die die Seiten des innern Kreises färbten. Ich wunderte mich, zeitweilig großen Wasserpfützen zu begegnen, die wie Wolken in der Luft hingen und die dennoch eine solche Dichtigkeit aufwiesen, daß man Flocken davon loslösen konnte; aber es ist klar, daß es sich da um eine von dem irdischen Wasser verschiedene Flüssigkeit handelte, die ohne Zweifel die Verdunstung dessen war, was für die Welt der Geister das Meer und die Flüsse darstellte.

Mein Auge entdeckte eine weite, bergige Küste; sie war ganz mit einer Art grünlichen Schilfrohres bedeckt, das an der Spitze gelblich war, wie wenn der Brand der Sonne es teilweise ausgetrocknet hätte; aber ich habe nicht mehr von der Sonne gesehen als die andern Male. — Ein Schloß beherrschte den Abhang, den ich zu erklimmen begann. Auf der andern Abdachung sah ich eine ungeheure Stadt sich ausbreiten. Während ich das Gebirg überschritten hatte, war die Nacht gekommen und ich beobachtete die Lichter der Behausungen und der Straßen. Als ich hinunterstieg, befand ich mich auf einem Markt, wo man Früchte und Gemüse verkaufte, ähnlich denen im Süden.

Ich stieg auf einer dunkeln Treppe hinunter und befand mich in den Straßen. Man verkündete durch Zettelanschlag die Eröffnung eines Kasinos und die Einzelheiten seiner Einteilung wurden in Artikeln beschrieben. Die typographische Umrahmung war aus Blumenkränzen gebildet, die so gut dargestellt und gefärbt waren, daß sie natürlich zu sein schienen. — Ein Teil des Gebäudes war noch im Entstehen. Ich trat in eine Werkstatt, wo ich Arbeiter sah, die aus Ton ein ungeheures Tier in der Gestalt eines Lamas modellierten, das aber offenbar mit großen Flügeln versehen werden sollte. Dieses Ungetüm war wie durchzogen von einem Feuerstrahl, der es allmählich belebte, so daß es sich wand; es war von tausend purpurnen Fasern durchzogen. Diese bildeten Venen und Arterien und befruchteten sozusagen die träge Materie, die sich mit einer augenblicklichen Vegetation von faserigen Anhängseln, Flügelchen und wolligen Büscheln bedeckte. Ich blieb stehen, um dieses Meisterwerk zu betrachten, wo man der göttlichen Schöpfung ihre Geheimnisse abgesehen zu haben schien. »Das kommt daher, daß wir hier das Urfeuer haben, das die ersten Wesen belebte«, — sagte man mir. — »Ehemals ist es bis zur Erdoberfläche gedrungen, aber die Quellen sind versiegt.« Ich sah auch die Goldschmiedearbeiten, bei denen man zwei auf der Erde unbekannte Metalle benutzte: ein rotes, das dem Zinnober zu entsprechen schien und ein anderes azurblaues. Die Ornamente waren weder getrieben noch ziseliert, aber sie formten, färbten und erschlossen sich wie metallische Pflanzen, die man aus gewissen chemischen Mischungen entstehen läßt. »Könnte man nicht auch Menschen schaffen?« sagte ich zu einem der Arbeiter, aber er versetzte: »Die Menschen kommen aus der Höhe und nicht aus der Tiefe. Können wir uns selbst schaffen? Hier formt man nur mit Hilfe der allmählichen Fortschritte unsrer Fähigkeit eine Materie, die feiner ist als die, aus welcher die Erdrinde besteht. Diese Blumen, die euch natürlich vorkommen, dieses Tier, das scheinbar leben wird, werden nur Produkte unsrer bis zum höchsten Punkt unsrer Kenntnisse entwickelten Kunst sein und jeder wird sie so beurteilen.«

Dies sind ungefähr die Worte, die mir entweder gesagt wurden oder deren Bedeutung ich zu erfassen glaubte. Ich begann die Säle des Kasinos zu durcheilen, und ich sah eine große Menge, in welcher ich einige mir bekannte Personen unterschied: die einen lebten, die andern waren zu verschiedenen Zeiten gestorben. Die ersten schienen mich nicht zu sehen, während die andern mir antworteten, ohne mich anscheinend zu erkennen. Ich war im größten Saal angekommen, der ganz mit mohnrotem Samt bespannt war, in den goldene Bänder eingewebt waren, die reiche Muster bildeten. In der Mitte befand sich ein Ruhebett in der Form eines Throns. Einige Vorübergehende setzten sich nieder um seine Elastizität zu prüfen; aber da die Vorbereitungen noch nicht beendet waren, wandten sie sich andern Sälen zu. Man sprach von einer Hochzeit und von dem Gatten, der, wie man sagte, kommen müsse um den Augenblick des Festes zu verkünden. Sogleich bemächtigte sich meiner eine unsinnige Wahnvorstellung. Ich bildete mir ein, daß der, welchen man erwartete, mein Doppelgänger sei, der Aurelia heiraten müsse und ich machte einen Lärm, der die Versammlung zu verblüffen schien. Ich fing mit Heftigkeit zu sprechen an, schilderte meinen Kummer und rief die Hilfe derer an, die mich kannten. Ein Greis sagte zu mir: »Aber so führt man sich nicht auf, Sie erschrecken ja jedermann!« Da rief ich aus: »Ich weiß wohl, daß er mich schon mit seinen Waffen getroffen hat, aber ich erwarte ihn furchtlos und ich kenne das Zeichen, das ihn besiegen muß.«

In diesem Augenblick erschien ein Arbeiter aus der Werkstatt, die ich beim Hereinkommen besucht hatte; er trug eine lange Stange, deren Ende aus einer im Feuer geröteten Kugel bestand. Ich wollte mich auf ihn stürzen, aber die Kugel, die er in die Höhe hielt, bedrohte stets meinen Kopf. Man schien sich um mich herum über meine Ohnmacht lustig zu machen . . . Da zog ich mich bis zum Thron zurück, die Seele voll namenlosen Stolzes, und ich hob den Arm auf, um ein Zeichen zu machen, das mir eine Zauberkraft zu haben schien. Der deutliche und zitternde Schrei einer Frau, der nach herzzerreißendem Schmerz klang, weckte mich plötzlich auf! Die Silben eines unbekannten Wortes, das ich im Begriff stand auszusprechen, erstarben auf meinen Lippen . . . Ich stürzte mich zur Erde und fing inbrünstig und unter heißen Tränen zu beten an. — Aber was war das nur für eine Stimme, die soeben so schmerzlich durch die Nacht gehallt war?!

Sie gehörte nicht dem Traum an; es war die Stimme einer lebendigen Person, und doch war es für mich die Stimme und der Tonfall Aurelias . . . .

Ich öffnete mein Fenster; alles war ruhig und der Schrei wiederholte sich nicht. — Ich erkundigte mich draußen — niemand hatte etwas gehört. — Und trotzdem bin ich noch sicher, daß der Schrei wirklich war und daß der Ton Lebender darin erklungen war. Ohne Zweifel wird man mir sagen, daß der Zufall veranlassen konnte, daß eine leidende Frau in der Umgebung meiner Wohnung geschrieen habe. — Aber meinem Gedanken nach waren die irdischen Ereignisse mit denen der unsichtbaren Welt verbunden. Das ist eine jener seltsamen Beziehungen, über die ich mir selbst keine Rechenschaft ablege, und die man leichter andeuten als erklären kann . . . .

Was hatte ich getan? Ich hatte die Harmonie des magischen Weltalls gestört, aus der meine Seele die Sicherheit einer unsterblichen Existenz schöpfte. Ich war vielleicht verflucht, weil ich in ein schauerliches Mysterium dringen wollte, indem ich das göttliche Gesetz beleidigte; ich hatte nur noch Zorn und Verachtung zu erwarten! Die aufgebrachten Schatten entflohen schreiend und zogen in der Luft verhängnisvolle Kreise wie die Vögel beim Herannahen eines Gewitters.

ZWEITER TEIL

Eurydice! Eurydice!

I.

ZUM zweitenmal verloren! Alles ist zu Ende, alles ist vorbei! Jetzt bin ich es, der sterben, ohne Hoffnung sterben muß! — Was ist denn der Tod? — Wenn er das Nichts wäre! — Wollte es Gott! Aber Gott selbst kann es nicht machen, daß der Tod das Nichts sei.

Warum ist es denn seit so langer Zeit das erstemal, daß ich an »ihn« denke? Das unglückliche System, das in meinem Geist entstanden war, ließ dieses einsame Königtum nicht zu . . . . oder vielmehr es verlor sich in die Fülle der Wesen; das war der Gott des Lucretius, machtlos und in seine Unendlichkeit verloren.

Sie indessen glaubte an Gott und ich habe eines Tages den Namen Jesus auf ihren Lippen gefunden. Er floß so sanft dahin, daß ich darüber geweint habe. O mein Gott, diese Träne, diese Träne . . . . sie ist schon lange getrocknet! Diese Träne, o mein Gott, gib sie mir wieder!

Wenn die Seele unsicher zwischen Traum und Leben schwebt, zwischen Geistesverwirrung und der Rückkehr zur kalten Überlegung, so muß man seine Hilfe im religiösen Gedanken suchen, — niemals habe ich Trost finden können in dieser Philosophie, die nur Lebensregeln des Egoismus oder bestenfalls der Gegenseitigkeit, eitle Erfahrung, bittere Zweifel bietet; — sie bekämpft die moralischen Schmerzen, indem sie die Empfindlichkeit vernichtet; wie die Chirurgie kann sie nur das schmerzende Organ wegschneiden. Aber für uns, die wir in den Tagen der Umwälzungen und der Gewitter geboren sind, wo alle Bekenntnisse zerbrochen sind; — die wir bestenfalls in diesem unbestimmten Glauben erzogen sind, der sich mit einigen äußerlichen Übungen begnügt und die gleichgültige Zugehörigkeit zudem vielleicht schuldiger ist als die Gottlosigkeit und die Ketzerei; für uns ist es sehr schwierig, sobald wie wir das Bedürfnis dazu fühlen das mystische Gebäude wieder aufzubauen, dessen wohl vorgezeichnete Form die Unschuldigen und die Einfältigen in ihren Herzen anerkennen.

»Der Baum der Erkenntnis ist nicht der Baum des Lebens.« Können wir indessen aus unserm Geist verbannen, was so viele intelligente Generationen Gutes oder Unheilvolles hineingegossen haben? Die Unwissenheit ist nicht erlernbar. Ich habe bessere Hoffnung auf Gottes Güte: vielleicht rühren wir schon an die prophezeite Epoche, wo die Wissenschaft, nachdem sie ihren ganzen Kreislauf von Synthese und Analyse, von Glaube und Verneinung erfüllt hat, sich selbst läutern kann und aus der Unordnung und den Trümmern die wunderbare Stadt der Zukunft hervorsteigen wird . . . Man darf die menschliche Vernunft nicht so billig einschätzen um zu glauben, daß sie etwas gewinnt, indem sie sich ganz erniedrigte, denn das hieße ihren himmlischen Ursprung anklagen . . . Gott wird ohne Zweifel die Reinheit der Absicht würdigen; und wo ist der Vater, der Wohlgefallen daran fände zu sehen, wie sein Sohn vor ihm alle Urteilskraft und allen Stolz aufgibt? Der Apostel, der selbst fühlen wollte um zu glauben, ist um des willen nicht verdammt worden.

Was habe ich da geschrieben? Das sind Gotteslästerungen. Die christliche Demut kann so nicht sprechen. Solche Gedanken sind weit davon entfernt die Seele zu rühren. Sie tragen auf der Stirn die Hochmutsblitze der Krone Satans . . . Ein Vertrag mit Gott selbst? . . . O Wissenschaft! O Eitelkeit!

Ich hatte einige Bücher der Kabbala gesammelt. Ich vertiefte mich in dieses Studium und gelangte dahin mich zu überzeugen, daß alles wahr sei, was der menschliche Geist während Jahrhunderten darüber angehäuft hatte. Die Überzeugung, die ich mir vom Sein geformt hatte, stimmte zu gut mit meiner Lektüre überein, als daß ich fürder noch an den Offenbarungen der Vergangenheit hätte zweifeln können. Die Dogmen und die Riten der verschiedenen Religionen schienen mir sich darauf zu beziehen in der Weise, daß jede einen gewissen Teil jener Geheimnisse besaß, die ihre Mittel zur Ausdehnung und zur Verteidigung ausmachten. Diese Kräfte konnten sich abschwächen, sich verringern und verschwinden, was die Eroberung gewisser Rassen über andere mit sich brachte, die alle nur durch den »Geist« siegreich sein oder erobert werden konnten.

»Immerhin«, sagte ich mir, »ist es sicher, daß diese Erkenntnisse mit menschlichen Irrtümern vermischt sind. Das magische Alphabet, der rätselhafte Hieroglyph überkommen uns nur unvollständig und gefälscht, sei es durch die Zeit, sei es durch diejenigen selbst, die ein Interesse haben an unserer Unwissenheit. Laßt uns den verlorenen Buchstaben, das ausgelöschte Zeichen wiederfinden und die mißklingende Tonleiter wieder abstimmen, dann werden wir Kraft in der Welt der Geister gewinnen.«

So glaubte ich in die Beziehungen der wirklichen Welt zur Welt der Geister zu dringen. Die Erde, ihre Bewohner und ihre Geschichte waren der Schauplatz, wo die physischen Handlungen sich vollziehen sollten, welche die Existenz und die Lage der Unsterblichen, die an ihr Geschick geknüpft sind, vorbereiteten. Ohne das undurchdringliche Mysterium von der Ewigkeit der Welten zu berühren, stieg mein Gedanke zu der Epoche hinauf, wo die Sonne auf die Erde die fruchtbaren Keime der Pflanzen und Tiere säte, ähnlich der Pflanze, die sie darstellt, die mit ihrem hängenden Kopf die Umdrehung ihres himmlischen Wandels verfolgt. Es war nichts anderes als das Feuer selbst, das, da es aus Seelen bestand, instinktiv die gemeinsame Wohnung formte. Der Geist des »Gott-Wesens«, das sich auf der Erde wieder erzeugt und sozusagen zurückgeworfen wird, ward der gewöhnliche Typus der menschlichen Seelen, deren jede demzufolge gleichzeitig Mensch und Gott war. So waren die Elohim!

Wenn man sich unglücklich fühlt denkt man über das Unglück der andern nach. Ich war etwas nachlässig gewesen im besuchen eines meiner liebsten Freunde, von dem man mir gesagt hatte, daß er krank sei: Als ich mich zu dem Haus begab, wo er behandelt wurde, warf ich mir diesen Fehler lebhaft vor. Ich war noch trostloser, als mir mein Freund erzählte, daß es ihm am Vorabend recht schlecht gegangen sei. Ich trat in ein Hospitalzimmer mit kalkgetünchten Wänden. Die Sonne zeichnete lustige Winkel auf die Mauern und spielte auf einem Gefäß mit Blumen, das eine Nonne eben auf den Tisch des Kranken gestellt hatte. Es war fast wie die Zelle eines italienischen Anachoreten. Sein abgemagertes Gesicht, sein Teint, der vergilbtem Elfenbein glich, was durch seine schwarze Haar- und Bartfarbe noch mehr hervorgehoben wurde, seine Augen, die in einem Rest von Fieber glänzten; vielleicht auch das Arrangement eines Kapuzenmantels, den er über die Schultern geworfen hatte, machten für mich aus ihm ein Wesen, das halb verschieden war von dem, was ich gekannt hatte.

Das war nicht mehr der fröhliche Gefährte meiner Arbeiten und meines Vergnügens; es war ein Apostel in ihm. Er erzählte mir, wie er sich in den schlimmsten Leiden seiner Krankheit als Beute eines letzten Anfalles gesehen hatte, der ihm der letzte Augenblick zu sein schien. Wie durch ein Wunder hatte der Schmerz in demselben Augenblick aufgehört. — Was er mir dann erzählte ist unmöglich wiederzugeben: Ein erhabener Traum in den weitesten Räumen der Unendlichkeit, ein Gespräch mit einem Wesen, das gleichzeitig von ihm verschieden war und einen Teil von ihm selbst bildete, das er, da er sich tot glaubte, frug, wo Gott sei. — »Aber Gott ist überall« antwortete ihm sein Geist; »er ist in dir selbst und in allen. Er richtet dich, er hört dich an, er rät dir; du und ich wir denken und träumen zusammen — und wir haben uns nie verlassen und sind ewig.«

Ich kann sonst nichts aus diesem Gespräch anführen, das ich vielleicht schlecht gehört oder schlecht verstanden habe. Ich weiß nur, daß sein Eindruck ein sehr lebhafter war. Ich wage nicht meinem Freund die Folgerung zuzuschreiben, die ich selbst vielleicht fälschlich aus seinen Worten gezogen habe. Ich weiß nicht einmal, ob das Gefühl, das daraus entsteht nicht mit der christlichen Idee übereinstimmend ist.

»Gott ist mit ihm,« rief ich aus, ... »aber er ist nicht mehr mit mir! O Unglück! Ich habe ihn von mir gejagt, ich habe ihn bedroht, ich habe ihm geflucht! Er war es gewiß, dieser mystische Bruder, der sich immer mehr und mehr von meiner Seele entfernte und der mich vergeblich benachrichtigte! Dieser bevorzugte Gemahl, dieser König des Ruhms, er richtet und verdammt mich und nimmt auf ewig die mit in seinen Himmel, die er mir gegeben hätte und deren ich hinfort unwürdig bin!«

ICH vermag die Niedergeschlagenheit nicht zu schildern, in welche diese Ideen mich versetzten. »Ich verstehe,« sagte ich mir, »ich habe das Geschöpf dem Schöpfer vorgezogen; ich habe meine Liebe vergöttert und habe nach heidnischen Gebräuchen die angebetet, deren letzter Seufzer Christus geweiht war. Aber wenn diese Religion die Wahrheit sagt, so kann mir Gott noch verzeihen. Er kann sie mir zurückgeben, wenn ich mich vor ihm demütige. Vielleicht kommt ihr Geist wieder in mich zurück!«

— Ich irrte erfüllt von diesem Gedanken aufs Geratewohl in den Gassen umher. Ein Leichenzug kreuzte meinen Weg; er richtete sich nach dem Friedhof, wo sie bestattet worden war; ich hatte die Idee, mich dahin zu begeben, indem ich mich dem Zug anschloß. »Ich weiß nicht,« sagte ich zu mir, »wer der Tote ist, den man hier zur Grube geleitet, aber ich weiß jetzt, daß die Toten uns sehen und hören, — vielleicht wird er zufrieden sein wenn er sieht, daß ein Leidensbruder ihm folgt, der trauriger ist als irgendeiner von denen, die ihn geleiten.« Dieser Gedanke ließ mich Tränen vergießen und ohne Zweifel glaubte man, daß ich einer der besten Freunde des Verstorbenen sei. O ihr gesegneten Tränen! Lange Zeit war mir eure Süßigkeit versagt!

Mein Kopf richtete sich auf und ein Hoffnungsstrahl leitete mich noch immer. Ich fühlte in mir die Kraft zu beten und genoß sie mit Entzücken.

Ich erkundigte mich nicht einmal nach dem Namen des Toten, dessen Sarg ich gefolgt war. Der Friedhof den ich betreten hatte, war mir in vieler Hinsicht heilig. Drei Verwandte meiner mütterlichen Familie waren hier begraben; aber ich konnte nicht zum Beten auf ihre Gräber gehen, denn sie waren vor mehreren Jahren in ein entferntes Land an den Ort ihrer Herkunft geschafft worden. — Lange suchte ich das Grab Aurelias und konnte es nicht wiederfinden. Die Einteilung des Friedhofs hatte sich verändert, — vielleicht hatte sich auch mein Gedächtnis verirrt . . . . Es kam mir vor, als ob dieser Zufall, dieses Vergessen, meine Verdammnis noch vergrößerten. — Ich wagte nicht, den Wächtern den Namen einer Toten zu nennen, auf die ich religiös kein Recht hatte . . . . Aber ich erinnerte mich, daß ich zu Hause die genaue Angabe des Grabes aufbewahrte und ich lief mit klopfendem Herzen hin; ich hatte den Kopf verloren; ich sagte es schon; ich hatte meine Liebe mit wunderlichem Aberglauben umgeben. — In einer kleinen Schatulle, die IHR gehört hatte, bewahrte ich ihren letzten Brief auf. Soll ich noch gestehen, daß ich aus dieser Schatulle eine Art Reliquienschrein gemacht hatte, der mich an lange Reisen erinnerte, wo der Gedanke an SIE mich begleitet hatte: eine in den Gärten von Schubrah gepflückte Rose, ein aus Ägypten mitgebrachtes Stückchen Band, im Fluß von Beirut gepflückte Lorbeerblätter, zwei kleine, vergoldete Kristalle, Mosaiken aus der Hagia Sophia, eine Perle aus einem Rosenkranz und was weiß ich noch? . . . endlich das Papier, welches man mir am Tag wo man ihr Grab ausschaufelte, gegeben hatte, damit ich es wiederfinden könne. Ich errötete, ich zitterte, als ich diese tolle Ansammlung zerstreute. Ich steckte die zwei Papiere ein, und im Augenblick, wo ich mich aufs neue nach dem Friedhof begeben wollte, änderte ich meinen Entschluß. — »Nein,« sagte ich mir, »ich bin nicht wert, auf dem Grab einer Christin zu knien; fügen wir nicht eine Entweihung zu so vielen andern.« Und um den Sturm, der in meinem Kopf tobte, zu besänftigen, begab ich mich einige Meilen außerhalb von Paris in eine kleine Stadt, wo ich in meiner Jugendzeit einige glückliche Tage bei alten Verwandten, die inzwischen verstorben waren, verbracht hatte. Ich wäre oft gern dahin zurückgekommen, um die Sonne bei ihrem Hause untergehen zu sehen. Es war dort eine von Linden beschattete Terrasse, die in mir auch die Erinnerung an verwandte junge Mädchen wachrief, zwischen denen ich aufgewachsen war. Eine von ihnen . . .

Aber wie hatte ich nur daran denken können, diese unbestimmte Kindheitsliebe der gegenüber zu stellen, die meine Jugend verschlungen hat? Ich sah die Sonne sich über das Tal neigen, das sich mit Nebeln und Schatten erfüllte; sie verschwand und badete die Gipfel der Wälder, die die hohen Hügel krönten, in rötlichen Feuern.

Die düsterste Traurigkeit zog in mein Herz. Ich ging zum Schlafen in eine Herberge, wo ich bekannt war. Der Wirt sprach mir von einem meiner alten Freunde, der in der Stadt wohnte und der sich infolge von unglücklichen Spekulationen mit einem Pistolenschuß getötet hatte . . . . Der Schlaf brachte mir furchtbare Träume. Ich habe mir ein verworrenes Andenken daran bewahrt. — Ich befand mich in einem unbekannten Saal und sprach mit jemand aus der Außenwelt, — vielleicht mit dem Freund, von dem ich eben gesprochen habe. Ein sehr hoher Spiegel befand sich hinter uns. Als ich ganz zufällig einen Blick hineinwarf, glaubte ich A*** zu erkennen. Sie schien traurig und nachdenklich zu sein und plötzlich, sei es, daß sie aus dem Spiegel heraustrat, sei es, daß sie, als sie einen Augenblick vorher durch den Saal ging, reflektiert wurde, diese sanfte und geliebte Gestalt befand sich neben mir. Sie reichte mir die Hand, ließ einen schmerzlichen Blick über mich gleiten und sagte: »Wir sehen uns später wieder . . . . . im Hause deines Freundes.«

Und einen Augenblick lang stellte ich mir ihre Heirat vor, die Verwünschung, die uns trennte, und ich sagte mir: Ist es möglich? Käme sie zu mir zurück? »Hast du mir vergeben?« frug ich mit Tränen. Aber alles war verschwunden. Ich befand mich an einem öden Ort, auf einer rauhen, von Felsen besäten Anhöhe mitten im Wald. Ein Haus, das ich zu erkennen meinte, beherrschte dieses trostlose Land. Ich ging und kam auf unentwirrbaren Umwegen zurück. Vom Gehen zwischen Steinen und Dornengebüschen ermüdet, suchte ich mitunter einen sanfteren Weg auf den Fußsteigen des Waldes. — Man erwartet mich da unten! dachte ich; eine bestimmte Stunde schlug. Ich sagte mir: ES IST ZU SPÄT und Stimmen antworteten: SIE IST VERLOREN! Vollkommene Nacht umgab mich, das entfernte Haus glänzte, wie wenn es für ein Fest beleuchtet und voll rechtzeitig angekommener Gäste wäre. — Sie ist verloren! rief ich aus, und warum? . . . . . Ich verstehe, sie hat eine letzte Anstrengung gemacht um mich zu retten — ich habe den äußersten Augenblick verpaßt, wo die Vergebung noch möglich war. Aus Himmelshöhen konnte sie den göttlichen Gatten für mich erbitten . . . . . Doch was liegt an meinem Heil? Der Abgrund hat seine Beute empfangen! Sie ist für mich und für alle verloren! Ich glaubte sie wie unter einem Blitzschein zu sehen, bleich und sterbend von finstern Reitern fortgezogen . . . . Der Schrei schmerzlicher Wut, den ich in diesem Augenblick ausstieß, ließ mich ganz atemlos erwachen.

— Mein Gott, mein Gott! Um ihretwillen, um ihretwillen allein! Mein Gott! Vergib! schrie ich und warf mich auf die Knie.

Es war Tag. Durch eine Bewegung, von der ich schwer Rechenschaft ablegen kann, beschloß ich die beiden Papiere sogleich zu vernichten, die ich am Vorabend der Schatulle entnommen hatte. Der Brief, den ich beim Durchlesen wieder mit Tränen benetzte und der Begräbnisschein, der das Siegel des Friedhofes trug. — Jetzt ihr Grab wiederfinden, sagte ich mir; aber ich hätte gestern umkehren sollen; — und mein unglücklicher Traum ist nur der Widerschein meines unglücklichen Tages!

DIE Flamme hat diese Reliquien der Liebe und des Todes verschlungen, die mit den schmerzhaftesten Fibern meines Herzens verknüpft waren. Ich habe meine Schmerzen und verspäteten Gewissensbisse mit hinaus auf das Land genommen und suchte durch die Ermüdung des Gehens die Betäubung der Gedanken, vielleicht auch die Gewißheit eines weniger unheilvollen Schlummers für die kommende Nacht.

Mit diesem Gedanken, den ich mir vom Traume gebildet hatte, der dem Menschen eine Verbindung mit der Geisterweltöffnet, hoffte ich, hoffte ich immer noch! Vielleicht würde Gott sich mit diesem Opfer begnügen. — Hier halte ich ein; es ist zu hochmütig zu behaupten, daß der geistige Zustand, in dem ich mich befand, nur durch eine Liebeserinnerung verursacht worden sei. Sagen wir lieber, daß ich mich damit unwillkürlich gegen die ernstere Reue eines toll vergeudeten Lebens schützte, in dem das Böse recht oft triumphiert hatte und dessen Fehler ich nur erkannte, wenn ich die Schläge des Unglücks spürte. Ich fühlte mich nicht mehr würdig an die auch nur zu denken, die ich im Tode quälte, nachdem ich sie im Leben betrübt hatte, und deren sanftem, heiligem Mitleid ich allein einen letzten Blick der Verzeihung verdankt habe.

In der folgenden Nacht konnte ich nur wenige Augenblicke schlafen. Eine Frau, die sich meiner Jugend angenommen hatte, erschien mir im Traum und warf mir einen sehr ernsten Fehler vor, den ich früher begangen hatte. Ich erkannte sie wieder, obgleich sie mir viel älter erschien als in den letzten Zeiten, wo ich sie gesehen hatte. Gerade das erinnerte mich bitter daran, daß ich versäumt hatte, sie in ihren letzten Augenblicken zu besuchen. Es schien mir, als ob sie zu mir sagte: »Du hast deine alten Verwandten nicht so lebhaft beweint, wie du diese Frau beweint hast. Wie kannst du dann auf Verzeihung hoffen?« Der Traum wurde verwirrt. Gestalten von Personen, die ich zu verschiedenen Zeiten gekannt hatte, gingen geschwind vor meinen Augen vorüber. Sie gingen vorbei, erstrahlten, verblichen und fielen in die Nacht zurück wie die Perlen eines Rosenkranzes, dessen Band zerrissen ist. Ich sah dann wie sich unbestimmt plastische Bilder aus dem Altertum formten, die — erst flüchtig hingeworfen — deutlich wurden und Symbole darzustellen schienen, deren Gedanken ich nur schwer erfaßte. Nur glaubte ich, daß es bedeuten solle: Alles das war geschaffen, um dich das Geheimnis des Lebens zu lehren und du hast es nicht verstanden. Die Religionen und die Sagen, die Heiligen und die Dichter vereinigten sich, um das verhängnisvolle Rätsel zu erklären, und du hast schlecht begriffen . . . Jetzt ist es zu spät!

Ich erhob mich voll Entsetzen und sagte mir: das ist mein letzter Tag! Mit zehnjährigem Zwischenraum kam mir dieselbe Idee, die ich im ersten Teil dieser Erzählung geschildert habe, positiver und noch drohender wieder. Gott hatte mir zur Reue Zeit gelassen und ich hatte sie nicht ausgenutzt. Nach dem Besuch des »steinernen Gastes« hatte ich mich wieder zum Festmahl hingesetzt!

IV.

MEIN Gefühl aus diesen Visionen und Grübeleien, das während meiner einsamen Stunden aus ihnen entsprang, war so traurig, daß ich mir wie verloren vorkam. Alle Handlungen meines Lebens erschienen mir von ihrer ungünstigsten Seite und in der Art von Gewissensprüfung, der ich mich hingab, führte mir das Gedächtnis die ältesten Tatsachen mit einer seltsamen Klarheit vor; ich weiß nicht was für eine falsche Scham mich verhinderte, den Beichtstuhl zu betreten; vielleicht die Angst mich in Dogmen und in die Gebräuche einer furchteinflößenden Religion einzulassen, da ich gegen gewisse Punkte darin philosophische Vorurteile bewahrt hatte. Meine ersten Jahre sind zu sehr mit den Ideen der Revolution durchsetzt gewesen, meine Erziehung war zu frei, mein Leben zu rastlos, als daß ich leicht ein Joch auf mich nehmen könnte, das in vielen Punkten immer noch meine Vernunft beleidigen würde. Ich bebte, wenn ich bedachte, was für einen Christen ich abgeben würde, wenn gewisse Prinzipien, die der freien Forschung der zwei letzten Jahrhunderte entlehnt sind, wenn endlich das Studium der verschiedenen Religionen mich nicht auf diesem Abhang aufhalten würde. Ich habe meine Mutter nie gekannt, die meinem Vater zum Heere folgen wollte wie die Frauen der alten Germanen. Sie starb am Fieber und vor Müdigkeit in einer kalten Gegend Deutschlands, und mein Vater selbst konnte meine ersten Gedanken nicht darauf lenken. Das Land, in dem ich erzogen wurde, war voll von seltsamen Legenden und fremdartigem Aberglauben. Einer meiner Oheime, der den größten Einfluß auf meine erste Erziehung hatte, beschäftigte sich zum Zeitvertreib mit römischen und keltischen Altertümern. Es fanden sich manchmal in seinem Feld oder in der Umgebung Bilder von Göttern oder Kaisern, die seine Gelehrtenbewunderung mich verehren hieß, und deren Geschichte mich seine Bücher lehrten. Ein gewisser Mars aus vergoldeter Bronze, eine bewaffnete Pallas oder Venus, ein Neptun oder eine Amphytrite, die ausgehauen über dem Brunnen des Dorfes standen und vor allem das gute, dicke, bärtige Antlitz eines Pan, der am Eingang einer Grotte zwischen Girlanden von Osterluzei und Efeu lächelte, waren die Haus- und Schutzgötter dieses Ruhesitzes. Ich gestehe, daß sie mir damals mehr Ehrfurcht einflößten als die ärmlichen christlichen Kirchenbilder und die beiden unförmigen Heiligen des Portals, von denen manche Gelehrten behaupten, sie seien der Esus und der Cernunnas der Gallier. Ich war verlegen zwischen diesen verschiedenen Symbolen und fragte eines Tages meinen Onkel, was »Gott« sei? »Gott ist die Sonne!« sagte er mir. Das war der innerste Gedanke eines Ehrenmannes, der sein ganzes Leben als Christ gelebt, aber die Revolution durchgemacht hatte und aus einer Gegend war, wo viele dieselbe Vorstellung von der Gottheit besaßen. Das hinderte nicht, daß die Frauen und die Kinder in die Kirche gingen und ich verdankte einer meiner Tanten einige Belehrungen, die mich die Schönheit und die Größe des Christentums verstehen ließen. Nach 1815 ließ mich ein Engländer, der sich in unserm Lande aufhielt, die Bergpredigt lernen und gab mir ein Neues Testament . . . . Ich führe diese Einzelheiten nur an, um die Ursachen einer gewissen Unentschlossenheit anzugeben, die sich in meinem Geist oft mit der ausgesprochensten Religiosität verbunden hat.

Ich will erklären, wie ich, nachdem ich lange Zeit vom rechten Weg entfernt war, mich zu ihm durch die geliebte Erinnerung an ein totes Wesen zurückgeführt fühlte, und wie das Bedürfnis zu glauben, daß es fortlebe, das bestimmte Gefühl für die verschiedenen Wahrheiten, die ich nicht fest genug in meiner Seele aufgenommen hatte, in meinem Geist aufleben ließ. Die Verzweiflung und der Selbstmord sind das Resultat gewisser unglücklicher Situationen für den, der nicht an die Unsterblichkeit mit ihren Leiden und Freuden glaubt: ich werde glauben, etwas Gutes und Nützliches getan zu haben, wenn ich ganz naiv die Folgen der Ideen aufzeichne, durch die ich Ruhe und neue Kraft wiedergefunden habe, die ich den zukünftigen Unglücksfällen des Lebens gegenüberstellen werde.

Die Visionen, die einander während meines Schlummers gefolgt waren, hatten mich einer solchen Verzweiflung preisgegeben, daß ich kaum reden konnte; die Gesellschaft meiner Freunde verhalf mir nur zu einer ungewissen Zerstreuung; mein Geist, der vollauf mit seinen Einbildungen beschäftigt war, versagte bei der geringsten abweichenden Vorstellung; ich konnte keine zehn Zeilen hintereinander lesen und verstehen. Ich sagte mir die schönsten Dinge: was liegt daran, das gibt es nicht für mich. Einer meiner Freunde namens Georg unternahm es, diese Entmutigung zu besiegen. Er führte mich in verschiedene Gegenden der Umgebung von Paris und nahm es auf sich, allein zu sprechen, während ich mit einigen unzusammenhängenden Phrasen antwortete. Sein ausdrucksvolles und fast mönchisches Gesicht machte eines Tages seine sehr beredten Einwände besonders wirkungsvoll, die er gegen jene Jahre des Zweifels und der politischen und sozialen Entmutigung fand, die der Juli-Revolution folgten. Ich war einer der Jungen dieser Epoche gewesen und ich hatte ihre Glut und ihre Bitterkeiten geschmeckt. Eine Bewegung vollzog sich in mir: ich sagte mir, daß solche Lehren von der Vorsehung nicht ohne Absicht gegeben werden konnten, und daß ein Geist ohne Zweifel aus ihm sprach. Eines Tages aßen wir unter einer Laube in einem kleinen Dorf in der Umgebung von Paris zu Abend; eine Frau kam und sang an unserm Tisch und ich weiß nicht was in ihrer abgenutzten aber sympathischen Stimme mich an die Aureliens erinnerte. Ich betrachtete sie: selbst ihre Züge waren nicht ohne Ähnlichkeit mit denen, die ich geliebt hatte; man schickte sie weg und ich wagte nicht sie zurückzuhalten, aber ich sagte mir: Wer weiß ob ihr »Geist« nicht in dieser Frau ist! Und ich fühlte mich glücklich, daß ich ihr ein Almosen gegeben hatte.

Ich sagte mir: Ich habe das Leben recht schlecht ausgenutzt, aber wenn die Toten vergeben, so geschieht es sicher unter der Bedingung, daß man für immer dem Bösen entsagt, und daß man alles, was man getan hat, wieder gut macht. Ist das möglich? . . . . Von diesem Augenblick an wollen wir versuchen, nichts Böses mehr zu tun und Ersatz zu geben für alles, was wir schuldig sein könnten. — Ich hatte ein frisches Unrecht gegen eine Person; es war nur eine Nachlässigkeit, aber ich fing damit an, daß ich mich entschuldigen ging. Die Freude, die ich empfand, als ich dies wieder gut gemacht hatte, tat mir ungemein wohl. Ich hatte von jetzt an einen Grund zum Leben und zum Handeln und gewann wieder Interesse an der Welt.

Schwierigkeiten tauchten auf; für mich unaussprechliche Ereignisse schienen sich zu vereinigen, um meinen guten Entschluß zu durchkreuzen. Der Zustand meines Geistes machte mir die Ausführung ausgemachter Arbeiten unmöglich. Da man mich seither gesund glaubte, verlangte man mehr, und da ich auf die Lüge verzichtet hatte, wurde ich von Leuten eines Vergehens geziehen, die sich nicht scheuten, es auszunutzen. Die Masse von Entschuldigungen, die ich zu machen hatte, erdrückte mich im Hinblick auf meine Ohnmacht. Politische Ereignisse wirkten indirekt, sowohl um mich zu betrüben wie um mich zu hindern, Ordnung in meine Angelegenheit zu bringen. Der Tod eines meiner Freunde vervollständigte diese Gründe zur Mutlosigkeit. Ich sah mit Schmerzen seine Wohnung, seine Bilder wieder, die er mir einen Monat vorher mit Freuden gezeigt hatte; ich ging an seinem Sarg vorüber im Augenblick, wo man ihn vernagelte. Da er von meinem Alter und aus meiner Zeit war, sagte ich mir: Was würde geschehen, wenn ICH so plötzlich stürbe?

Am folgenden Sonntag erhob ich mich mit einem dumpfen Schmerz. Ich ging meinen Vater besuchen, dessen Magd krank war, und der Launen zu haben schien. Er wollte allein Holz von seinem Speicher holen und ich konnte ihm nur den Dienst leisten, ihm ein Holzscheit, das er brauchte, zu reichen. Ich ging niedergeschlagen weg. Auf der Straße begegnete ich einem Freund, der mich zum Essen mit sich nach Hause nehmen wollte, um mich ein bißchen zu zerstreuen. Ich lehnte ab und richtete meine Schritte ohne gegessen zu haben nach Montmartre. Der Friedhof war geschlossen, was ich als üble Vorbedeutung auffaßte. Ein deutscher Dichter hatte mir einige Seiten zu übersetzen gegeben und mir auf diese Arbeit eine Summe vorgestreckt. Ich nahm den Weg zu seinem Haus, um ihm das Geld zurückzugeben.

Als ich um das Clichytor bog, war ich Zeuge eines Streites. Ich versuchte die Streitenden zu trennen, aber es wollte mir nicht gelingen. In diesem Augenblick ging ein Arbeiter von großem Wuchs über denselben Platz, wo der Kampf sich abgespielt hatte. Er trug auf der linken Schulter ein Kind in hyazinthfarbenem Kleid. Ich stellte mir vor, es wäre der heilige Christophorus, der den Heiland trägt, und ich wäre verdammt, weil es mir bei der eben stattgehabten Szene an Kraft gefehlt hatte. Von diesem Augenblicke an irrte ich als Beute der Verzweiflung in dem unbegrenzten Gelände umher, das die Vorstadt von dem Tor trennt. Es war zu spät, um denBesuch zu machen, den ich vorgehabt hatte. Ich ging also kreuz und quer durch die Straßen nach dem Zentrum von Paris zurück. In der Nähe der Rue de la Victoire begegnete ich einem Priester und wollte ihm in der Verwirrung, in der ich mich befand, beichten. Er sagte mir, daß er nicht zu der Pfarre gehöre, und daß er zu irgendjemand in eine Abendgesellschaft ginge, aber daß ich, wenn ich ihn am folgenden Tage in Notre-Dame um Rat fragen wolle, nur nach dem Abbé Dubois fragen solle.

Verzweifelt und weinend lenkte ich meine Schritte nach der Kirche Notre-Dame de Lorette, wo ich mich zu Füßen des Altars der heiligen Jungfrau niederwarf und um Vergebung für meine Fehler bat. Etwas in mir sagte sich: Die Jungfrau ist tot und deine Gebete sind unnütz. Ich ging nach den hintersten Plätzen des Chors, um mich dort auf die Knie zu werfen, und streifte einen silbernen Ring vom Finger, in dessen Stein die drei arabischen Worte graviert waren: Allah! Mohammed! Ali! Sofort entzündeten sich mehrere Kerzen im Chor, und es begann ein Gottesdienst, mit dem ich mich im Geist zu vereinigen versuchte. Als man beim Ave Maria angelangt war, unterbrach sich der Priester mitten beim Gebet und fing siebenmal von vorne an, ohne daß ich in meinem Gedächtnis die folgenden Worte hätte wiederfinden können. Dann beschloß man das Gebet und der Priester hielt eine Rede, die auf mich allein anzuspielen schien. Als alles ausgelöscht war, erhob ich mich und ging hinaus, wobei ich die Richtung nach den Champs-Elysées einschlug.

Als ich bei der Place de la Concorde angelangt war, hatte ich den Gedanken mich zu vernichten. Verschiedene Male ging ich zur Seine, aber etwas hinderte mich meinen Entschluß auszuführen. Die Sterne leuchteten am Firmament. Plötzlich schien es mir, wie wenn sie mit einemmal verlöschten wie die Kerzen, die ich in der Kirche gesehen hatte. Ich glaubte, daß die Zeiten erfüllt seien und daß wir dem Ende der Welt nahe seien, die der heilige Johannes in der Apokalypse verkündigt hat. Ich glaubte, eine schwarze Sonne an dem verödeten Himmel und eine blutrote Kugel über den Tuilerien zu erblicken. Ich sagte mir: Die ewige Nacht beginnt und sie wird fürchterlich sein. Was wird geschehen, wenn die Menschen gewahren werden, daß es keine Sonne mehr gibt? Ich ging durch die Rue St. Honoré zurück und beklagte die verspäteten Bauern, denen ich begegnete. Am Louvre angekommen ging ich bis zum Platz und da wartete meiner ein seltsames Schauspiel. Zwischen den rasch vom Wind gejagten Wolken sah ich mehrere Monde, die mit großer Schnelligkeit vorüberglitten. Ich dachte, die Erde sei aus ihrer Bahn getreten und irre am Firmament wie ein entmastetes Schiff umher, wobei sie sich den Sternen, die abwechselnd wuchsen und wieder abnahmen, näherte und wieder von ihnen entfernte. Zwei oder drei Stunden lang betrachtete ich diese Unordnung und ging schließlich nach der Gegend der Hallen. Die Bauern brachten ihre Waren und ich sagte mir: Wie werden sie erstaunt sein, wenn sie merken, daß die Nacht sich verlängert? Indessen bellten hie und da Hunde und die Hähne krähten. Von Müdigkeit zerschlagen ging ich nach Hause und warf mich auf mein Bett. Als ich aufwachte war ich erstaunt das Licht wiederzusehen. Eine Art geheimnisvollen Chors drang an mein Ohr: »CHRISTUS, CHRISTUS! CHRISTUS!« Ich dachte, daß man in einer benachbarten Kirche, Notre-Dame-des-Victories, eine große Zahl Kinder vereint habe, um den Heiland anzurufen. — Aber Christus ist nicht mehr! sagte ich mir, sie wissen es noch nicht! Die Anrufung dauerte ungefähr eine Stunde. Ich stand endlich auf und ging unter die Galerien des Palais Royal. Ich sagte mir, daß die Sonne wahrscheinlich noch genügend Licht aufgespeichert hätte, aber daß sie dazu ihre eigene Substanz abnützen müsse, und ich fand sie wirklich kalt und farblos. Ich beschwichtigte meinen Hunger mit einem kleinen Kuchen, um die Kraft zu gewinnen, das Haus des deutschen Dichters zu erreichen. Als ich eintrat sagte ich zu ihm, daß alles aus sei, und daß wir uns zum Sterben vorbereiten müßten. Er rief seiner Frau, die zu mir sagte: »Was fehlt Ihnen!« — »Ich weiß es nicht,« sagte ich zu ihr, »ich bin verloren!« Sie schickte nach einer Droschke und ein junges Mädchen führte mich nach der Maison Dubois.

V.

MEIN Übel begann wieder mit wechselnden Anfällen. Nach einem Monat war ich wieder hergestellt. Während der zwei Monate, die nun folgten, nahm ich meine Pilgerfahrten rund um Paris wieder auf. Die längste Reise, die ich gemacht habe, war der Besuch des Doms von Reims. Nach und nach fing ich wieder an zu schreiben und verfaßte eine meiner besten Novellen. Ich schrieb sie allerdings mühsam fast immer mit Bleistift auf lose Blätter, geleitet von dem Zufall meiner Träumereien und Spaziergänge. Die Korrekturen regten mich sehr auf. Wenige Tage nach Veröffentlichung der Novelle fühlte ich mich von hartnäckiger Schlaflosigkeit befallen. Die ganze Nacht ging ich auf dem Hügel von Montmartre spazieren und sah von dort den Sonnenaufgang. Ich plauderte lange mit Bauern und Arbeitern. In andern Augenblicken wand ich mich den Hallen zu. Eine Nacht ging ich zum Essen in ein Café am Boulevard und vergnügte mich damit, Gold- und Silberstücke in die Luft zu werfen. Dann ging ich zu den Hallen und stritt mit einem Unbekannten, dem ich eine grobe Ohrfeige gab. Ich weiß nicht, wieso das gar keine Folgen hatte. Zu einer gewissen Stunde, als ich die Turmuhr von St. Eustache schlagen hörte, begann ich an die Kämpfe der Herzöge von Burgund und der Armagnacs zu denken, und ich glaubte, daß sich die Schatten der Kämpfenden jener Epoche um mich herum erhoben. Ich kam in Streit mit einem Dienstmann, der auf seiner Brust ein silbernes Täfelchen trug und zu dem ich sagte, daß er der Herzog Johann von Burgund sei. Ich wollte ihn verhindern, in eine Schenke zu treten. Durch eine Eigentümlichkeit, die ich mir nicht erkläre, bedeckte sich sein Gesicht mit Tränen als er sah, daß ich ihm mit Tod drohte. Das rührte mich, und ich hieß ihn vorbeigehen.

Ich wendete mich gegen die Tuilerien, die geschlossen waren, und ging den Quais entlang; dann begab ich mich zum Luxembourg und ging dann mit einem Freund frühstücken. Dann betrat ich St. Eustache, wo ich fromm am Altar der heiligen Jungfrau niederkniete und an meine Mutter dachte. Die Tränen, die ich vergoß, erleichterten meine Seele und als ich aus der Kirche kam, kaufte ich einen silbernen Ring. Darauf stattete ich meinem Vater einen Besuch ab, bei dem ich einen Strauß Margueriten zurückließ, da er abwesend war. Von da ging ich zum Jardin des Plantes. Es waren viele Menschen dort und ich verweilte einige Zeit und sah mir das Nilpferd an, das gerade in einem Bassin badete. — Darauf begab ich mich in die osteologischen Sammlungen. Der Anblick der Ungetüme, die sie enthalten, ließ mich an die Sintflut denken und als ich hinausging, fiel ein schrecklicher Platzregen im Garten nieder. Ich sagte mir: Was für ein Unglück! All diese Frauen, all diese Kinder werden durchnäßt! . . . Dann sagte ich mir: Aber es ist noch mehr! Die wirkliche Sintflut beginnt! Das Wasser stieg in den Nachbarstraßen an; ich lief die Straße Saint-Victor hinunter und im Gedanken das aufzuhalten, was ich für die Weltüberschwemmung hielt, warf ich an der tiefsten Stelle den Ring, den ich bei Saint-Eustache gekauft hatte, ins Wasser. Ungefähr in demselben Augenblick beruhigte sich das Gewitter und ein Sonnenstrahl begann zu glitzern.

Hoffnung kehrte in meine Seele zurück. Um vier Uhr hatte ich eine Verabredung bei meinem Freunde Georg; ich ging nach seiner Wohnung. Als ich bei einem Kuriositätenhändler vorüberging, kaufte ich zwei Ofenschirme aus Samt, die mit hieroglyphischen Figuren bedeckt waren. Das schien mir die Weihe für die himmlische Verzeihung zu sein. Ich kam zur bestimmten Zeit zu Georg und vertraute ihm meine Hoffnung an. Ich war durchnäßt und müde. Ich wechselte meine Kleider und legte mich auf sein Bett. Während meines Schlummers hatte ich eine wunderbare Vision. Es kam mir vor, als ob die Göttin mir erschiene und zu mir sagte: »Ich bin dieselbe wie Maria, dieselbe wie deine Mutter, dieselbe auch, die du stets unter allen Formen geliebt hast. Bei jeder deiner Prüfungen habe ich eine meiner Masken aufgegeben, mit denen ich meine Züge verschleiere und bald wirst du mich sehen so wie ich bin . . .« Ein köstlicher Weinberg wuchs aus dem Gewölk hinter ihr hervor, ein sanftes und durchdringendes Licht erhellte dieses Paradies; indessen hörte ich nur ihre Stimme, aber ich fühlte mich in eine entzückende Trunkenheit getaucht. — Kurze Zeit darauf erwachte ich und sagte zu Georg: »Laß uns ausgehen!« Während wir den Pont des Arts überschritten, erklärte ich ihm die Seelenwanderung und sagte zu ihm: »Es kommt mir vor, als hätte ich heute abend die Seele

Napoleons in mir, die mich begeistert und mir große Dinge befiehlt.« —In der Rue du Coq kaufte ich einen Hut und während Georg das Kleingeld erhielt auf das Goldstück, das ich auf den Ladentisch geworfen hatte, setzte ich meinen Weg fort und gelangte nach den Galerien des Palais Royal.

Da schien es mir, als ob jedermann mich ansähe. Eine beharrliche Idee hatte sich in meinem Geiste festgesetzt, nämlich, daß es keine Toten mehr gebe; ich durchlief die Galerie de Foy und sagte: »Ich habe einen Fehler begangen«; und als ich mein Gedächtnis, welches ich für das Napoleons hielt, frug, konnte ich nicht dahinter kommen, was für einen. »Irgend etwas habe ich hier nicht bezahlt!« in diesem Gedanken betrat ich das Café de Foy und glaubte in einem der Stammgäste den Vater Bertin von den »Débats« zu erkennen. Dann durchschritt ich den Garten, wobei ich den Rundtänzen der kleinen Mädchen einiges Interesse schenkte. Von da verließ ich die Galerien und richtete meine Schritte nach der Rue St. Honoré. Ich trat in einen Laden, um eine Zigarre zu kaufen, und als ich hinaustrat, war die Menge so dicht, daß ich fast erdrückt worden wäre. Zwei meiner Freunde befreiten mich, indem sie für mich bürgten, und ließen mich in ein Kaffeehaus eintreten, während einer von ihnen eine Droschke holte. Man brachte mich zum Charitéhospital.

Während der Nacht nahm das Delirium zu, besonders am Morgen, als ich bemerkte, daß ich angebunden war. Es gelang mir, mich von der Zwangsjacke zu befreien, und gegen Morgen ging ich in den Sälen herum. Der Gedanke, daß ich einem Gott gleich geworden sei, und die Kraft zu heilen besäße, ließ mich einigen Kranken die Hände auflegen; dann trat ich auf ein Standbild der heiligen Jungfrau zu, der ich den Kranz von künstlichen Blumen abnahm, um die Macht, die ich zu besitzen glaubte, noch zu unterstützen. Ich ging mit großen Schritten, wobei ich mit Lebhaftigkeit über die Unwissenheit der Menschen sprach, die glaubten, mit der Wissenschaft allein heilen zu können, und als ich auf dem Tische ein Fläschchen mit Äther sah, verschlang ich seinen Inhalt mit einem Schluck. Ein Assistenzarzt, dessen Gesicht ich mit dem der Engel verglich, wollte mich aufhalten, aber die nervöse Kraft unterstützte mich und bereit ihn niederzuwerfen blieb ich stehen und sagte ihm, er verstehe nicht was meine Mission sei. Dann kamen Ärzte und ich setzte meine Rede über die Ohnmacht ihrer Kunst fort. Hierauf ging ich die Treppe hinunter, obwohl ich keine Fußbekleidung hatte. Als ich an einem Blumengarten angelangt war, ging ich hinein und pflückte Blumen, wobei ich auf dem Rasen herumging.

Einer meiner Freunde war zurückgekommen, um mich zu holen. Da verließ ich den Blumengarten und während ich mit ihm sprach, warf man mir eine Zwangsjacke über die Schultern, dann ließ man mich in eine Droschke steigen und brachte mich in eine Irrenanstalt außerhalb von Paris. Ich verstand als ich mich unter den Irrsinnigen sah, daß alles bisher für mich nur Einbildung gewesen war. Übrigens schien es mir, daß die Versprechungen, die ich der Göttin Isis zuschrieb, sich durch eine Reihe von Prüfungen verwirklichten, die ich zu ertragen bestimmt war. Ich nahm sie also mit Ergebung hin.

Der Teil des Gebäudes, in dem ich mich befand, ging auf eine weite, von Nußbäumen beschattete Wandelbahn. In einer Ecke befand sich ein kleiner Erdhügel, wo einer der Gefangenen den ganzen Tag im Kreis herumging. Andere beschränkten sich wie ich, auf dem Erdwall oder der Terrasse auf und ab zu gehen, die von einer Rasenböschung begrenzt wurde. Auf einer Mauer, die nach Sonnenuntergang lag, waren Figuren gezeichnet, deren eine die Form des Mondes mit geometrisch gezeichneten Augen und Mund darstellte; über dieses Gesicht hatte man eine Art Maske gemalt; die Mauer zur Linken stellte verschiedene Profilzeichnungen vor, worunter eine einer Art japanischer Gottheit glich. Etwas weiter war ein Totenkopf in den Gips modelliert. An der gegenüberliegenden Seite waren zwei Quadersteine von einem der Gäste des Gartens behauen worden und stellten kleine, ganz gut getroffene Fratzen dar. Zwei Türen führten in die Keller und ich bildete mir ein, daß das unterirdische Gänge seien, die denen gleichen, die ich am Eingang der Pyramiden gesehen hatte.

VI.

ZUERST stellte ich mir vor, daß die in diesem Garten versammelten Personen alle irgend einen Einfluß auf die Gestirne hätten, und daß der, welcher sich unaufhörlich in demselben Kreise drehte, dadurch den Gang der Sonne regulierte. Ein Greis, den man zu gewissen Tageszeiten herführte und der Knoten machte, wenn er seine Taschenuhr konsultierte, schien mir damit betraut zu sein, den Gang der Stunden festzustellen. Mir selbst schrieb ich einen Einfluß auf den Lauf des Mondes zu und ich glaubte, dieses Gestirn habe einen Blitzstrahl des Allmächtigen empfangen, der auf sein Antlitz die Maske geprägt habe, die ich bemerkt hatte.

Ich legte den Unterhaltungen der Wärter und denen meiner Genossen einen mystischen Sinn unter. Sie schienen mir die Repräsentanten aller Rassen der Erde zu sein und ich glaubte, daß wir dazu da seien, die Bahnen der Gestirne aufs neue festzusetzen und dem System eine größere Entwicklung zu geben. Meiner Meinung nach hatte sich ein Irrtum bei der Hauptzusammenstellung der Zahlen eingeschlichen, und davon leitete ich alle Übel der Menschheit ab. Ich glaubte noch, daß die himmlischen Geister menschliche Formen angenommen hätten und dieser Generalversammlung beiwohnten, obwohl sie von gemeinen Sorgen eingenommen schienen. Meine Rolle schien mir zu sein, die Harmonie des Weltalls durch kabbalistische Kunst wiederherzustellen und eine Lösung zu suchen, indem ich die okkulten Kräfte der verschiedenen Religionen heraufbeschwor. Außer der Wandelbahn hatten wir noch einen Saal, dessen senkrecht vergitterte Fenster ins Grüne hinausgingen. Wenn ich hinter diesen Scheiben die Linie der äußern Baulichkeiten ansah, gewahrte ich, wie sich die Fassade und die Fenster in tausend mit Arabesken geschmückte Pavillons zerteilten; darüber erhoben sich Ausschnitte und Spitzen, die mir die kaiserlichen Kioske, die den Bosporus umgeben, ins Gedächtnis riefen. Das führte natürlich meinen Geist zur Beschäftigung mit dem Orient. Gegen zwei Uhr brachte man mich ins Bad und ich glaubte mich von den Walküren, den Töchtern Odins bedient, die mich zur Unsterblichkeit erheben wollten, indem sie nach und nach meinen Körper von allem Unreinen befreiten.

Abends ging ich heiter im Mondschein spazieren, und wenn ich meine Augen zu den Bäumen erhob, schienen sich die Blätter eigenartig zu rollen, so daß sie Bilder von Kavalieren und Damen bildeten, die von aufgeputzten Pferden getragen wurden. Das waren für mich die triumphierenden Gestalten der Ahnen. Dieser Gedanke leitete mich zu dem andern, daß eine ausgedehnte Verschwörung unter allen Lebewesen bestand, um die Welt in ihrer ersten Harmonie wieder herzustellen, daß die Verbindungen durch den Magnetismus der Gestirne stattfanden, daß eine ununterbrochene Kette die mit jener allgemeinen Verbindung beschäftigten Intelligenzen rings um die Erde verband und daß die magnetisierten Gesänge, Tänze und Blicke nach und nach dasselbe Streben übertrugen. Der Mond war für mich der Zufluchtsort der verbrüderten Seelen, die von ihren sterblichen Körpern befreit freier an der Wiederherstellung des Weltalls arbeiteten.

Für mich schien die Zeit eines jeden Tages schon um zwei Stunden zugenommen zu haben, so daß ich, wenn ich zu den durch die Uhren des Hauses festgesetzten Stunden aufstand, mich nur im Reich der Schatten bewegte. Die Genossen, die mich umgaben, schienen mir eingeschlafen und dem Anblick des Tartarus zu gleichen bis zur Stunde, wo für mich die Sonne aufging. Dann begrüßte ich dieses Gestirn durch ein Gebet und mein wirkliches Leben begann.

Von dem Augenblick an, wo ich mich soweit vergewissert hatte, daß ich den Prüfungen der heiligen Einweihung unterworfen war, empfing mein Geist eine unbezwingliche Kraft. Ich hielt mich für einen Helden, der unter dem Blick der Götter lebt; alles in der Natur gewann ein neues Ansehen und geheime Stimmen kamen aus der Pflanze, dem Baum, den Tieren, den geringsten Insekten, um mich zu benachrichtigen und zu ermutigen. Die Sprache meiner Gefährten hatte geheimnisvolle Wendungen, deren Sinn ich verstand, Gegenstände ohne Form und ohne Leben fügten sich von selbst den Berechnungen meines Geistes ein; — aus der Zusammenstellung von Kieselsteinen, den Figuren von Winkeln, Spalten und Öffnungen, den Schnittlinien von Blättern, aus Farben, Düften und Tönen sah ich bis dahin unbekannte Harmonien hervorgehen. »Wie«, sagte ich mir, »habe ich nur so lange außerhalb der Natur bestehen können und ohne mich mit ihr zu identifizieren? Alles lebt, alles handelt, alles steht in Beziehung; die magnetischen Strahlen, die von mir oder von andern ausgehen, überschreiten ohne Hindernis die unendliche Kette der geschaffenen Dinge; ein durchsichtiges Netz bedeckt die Welt, dessen gelockerte Fäden sich von Ort zu Ort den Planeten und den Sternen mitteilen. Ich bin für den Augenblick an die Erde gefesselt und unterhalte mich mit dem Chor der Gestirne, die an meinen Freuden und Schmerzen teilnehmen!

Sofort zitterte ich, wenn ich bedachte, daß selbst dieses Mysterium belauert werden könnte. — »Wenn die Elektrizität,« sagte ich mir, »die der Magnetismus der physischen Körper ist, einer Leitung unterworfen sein kann, die ihr Gesetze auferlegt, so können noch viel mehr die feindlichen und tyrannischen Geister die Intelligenzen unterjochen und sich ihrer geteilten Kräfte zum Zweck der Herrschaft bedienen. So sind die alten Götter besiegt und durch die neuen Götter geknechtet worden. So«, sagte ich mir weiter indem ich meine Erinnerungen an die alte Welt zu Rate zog, »haben die Nekromanten ganze Völker beherrscht, deren unter ihrem ewigen Zepter gefesselte Geschlechter einander folgten. O Unglück! Selbst der Tod kann sie nicht befreien, denn wir leben wieder in unsern Söhnen, wie wir in unsern Vätern gelebt haben, — und die unerbittliche Wissenschaft unsrer Feinde weiß uns überall zu erkennen. Die Stunde unsrer Geburt, der Punkt der Erde an dem wir erscheinen, die erste Bewegung, der Name, das Zimmer, — und all jene Weihen und all jene Gebräuche, die man uns auferlegt, alles das stellt eine glückliche oder verhängnisvolle Reihenfolge dar, von der die ganze Zukunft abhängt. Aber wenn das schon nach menschlicher Berechnung fürchterlich ist, verstehe man was das sein muß, wenn es an die geheimnisvollen Formeln anknüpft, auf denen die Ordnung der Welten beruht! Man hat richtig gesagt: Nichts ist gleichgültig, nichts ist ohnmächtig im Weltall; ein Atom kann alles auflösen, ein Atom kann alles retten!

O Entsetzen! Das ist der ewige Unterschied zwischen Gut und Böse! Ist meine Seele das unzerstörbare Molekül, die Blase, die ein bißchen Luft aufbläht, aber die ihren Platz in der Natur wiederfindet, oder die Leere selbst, ein Bild des Nichts, das in der Unendlichkeit verschwindet? Wäre sie ferner das unglückselige Teilchen, das bestimmt ist unter all seinen Verwandlungen der Rache der mächtigen Wesen zu unterliegen? So sah ich mich dahin gebracht, von mir Rechenschaft für mein Leben und selbst für meine früheren Existenzen zu fordern. Indem ich mir bewies, daß ich gut sei, bewies ich mir, daß ich es stets gewesen sein müsse. Und wenn ich schlecht gewesen bin, sollte da nicht mein gegenwärtiges Leben eine genügende Sühne sein? Dieser Gedanke beruhigte mich, aber nahm mir nicht die Angst, für immer unter die Unglücklichen eingereiht zu werden. Ich fühlte mich in kaltes Wasser getaucht, und ein noch kälteres Wasser rieselte über meine Stirn. Ich lenkte meinen Gedanken wieder zur ewigen Isis, zur Mutter und heiligen Gattin. All mein Streben, all meine Gebete vereinigten sich in diesem zauberhaften Namen, ich fühlte mich in ihr wieder aufleben und bisweilen erschien sie mir unter der Gestalt der antiken Venus, bald auch unter den Zügen der christlichen Jungfrau. Die Nacht brachte mir diese geliebte Erscheinung deutlicher und trotzdem sagte ich mir: Was kann sie, die besiegt und vielleicht unterdrückt ist, für ihre armen Kinder tun? Die bleiche und zerrissene Mondsichel wurde jeden Abend schmäler und würde bald verschwinden; vielleicht sollten wir sie nicht am Himmel wiedersehen! Indessen schien es mir, als sei dieses Gestirn die Zuflucht aller meiner Schwesterseelen und ich sah es von klagenden Schatten bewohnt, die bestimmt waren, dereinst auf der Erde wiedergeboren zu werden . . . . Mein Zimmer ist am äußersten Ende eines Ganges, der auf der einen Seite von den Verrückten bewohnt ist, auf der andern von den Bediensteten des Hauses. Es hat allein den Vorteil eines Fensters, das auf der Hofseite durchgebrochen ist; der Hof ist mit Bäumen bepflanzt und dient tagsüber als Spazierplatz. Meine Blicke heften sich mit Vergnügen auf einen buschigen Nußbaum und auf zwei chinesische Maulbeerbäume. Darüber gewahrt man undeutlich zwischen den grün bemalten Gittern eine ziemlich belebte Straße. Gegen Sonnenuntergang erweitert sich der Horizont; es ist wie ein Dorf mit Fenstern, die mit Grün bekleidet oder mit Vogelkäfigen oder Lumpen zum Trocknen behängt sind, und wo man von Zeit zu Zeit das Profil einer jungen oder alten Hausfrau oder irgendeinen rosigen Kinderkopf hervorlugen sieht. Man schreit, singt, bricht in Lachen aus; es ist froh oder traurig zum Anhören, je nach den Stunden und den Eindrücken.

Ich habe hier alle Trümmer meiner verschiedenen Vermögen gefunden, die verworrenen Reste mehrerer verstreuten oder seit zwanzig Jahren wiederverkauften Mobiliare. Es ist eine Trödlerstube wie die des Doktor Faust. Ein antiker dreifüßiger Tisch mit Adlerköpfen, eine von einer geflügelten Sphynx gehaltene Konsole, eine Kommode aus dem siebzehnten Jahrhundert, eine Bibliothek des achtzehnten, ein Bett aus derselben Zeit, dessen ovaler Himmel, den man aber nicht aufrichten kann, mit blauen und roten Stoffen bekleidet ist; ein bäurisches Gestell, auf dem meist ziemlich stark beschädigte Fayencen und Gegenstände aus Sèvresporzellan stehen; eine aus Konstantinopel mitgebrachte Wasserpfeife, einen großen Becher aus Alabaster, ein Kristallgefäß; Wandfüllungen aus Holz, die vom Abbruch eines alten Hauses herrührten, das ich auf dem Louvreplatz bewohnt hatte und die mit mythologischen Malereien von der Hand heute berühmter Freunde bedeckt waren; zwei große Gemälde im Geschmacke Prudhons, die die Musen der Geschichte und der Schauspielkunst darstellten. Mehrere Tage lang hat es mir Spaß gemacht, all das zu ordnen und in der engen Mansarde eine bizarre Zusammenstellung zu schaffen, die etwas vom Palast und etwas von der Hütte hat und einen ziemlich guten Auszug meines unsteten Lebens gibt. Über meinem Bett habe ich meine arabischen Kleider aufgehängt, meine zwei sorgsam ausgebesserten Kaschmirschals, eine Pilgerflasche, einen ungeheuren Plan von Kairo; eine Konsole aus Bambus steht zu Kopfende meines Bettes und trägt eine indische Lackplatte, auf der ich meine Toilettegegenstände ordnen kann. Ich habe mit Freude diese bescheidenen Reste meiner abwechselnd im Wohlleben und im Elend verbrachten Jahre wiedergefunden, an die sich alle Erinnerungen meines Lebens knüpften. Man hatte nur ein kleines Gemälde auf Kupfer im Geschmack Correggios auf die Seite gelegt, das Venus und Amor darstellte, Wandspiegel mit Jägerinnen und Satyrn und einen Pfeil, den ich zum Andenken an die Gesellschaften beim Valoisbogen aufbewahrt hatte; die Waffen waren nach den neuen Gesetzen verkauft worden. Im ganzen fand ich alles wieder, was ich zuletzt besessen hatte. Meine Bücher bildeten eine bizarre Anhäufung der Wissenschaft aller Zeiten, Geschichte, Reisen, Religion, Kabbala, Astrologie; sie hätten den Schatten Picos de la Mirandola, des weisen Meursius und Nikolas' de Cusa Freude gemacht, — der Turm zu Babel in zweihundert Bänden; — alles das hatte man mir gelassen! Es war genug, um einen Weisen närrisch zu machen; hoffentlich auch genug, um einen Narren weise zu machen!

Mit welchem Entzücken habe ich in meinen Schubladen den Haufen meiner Aufzeichnungen und intimen und öffentlichen, alltäglichen und glänzenden Briefwechsel ordnen können; sie waren gewöhnlich oder bedeutend, wie es der Zufall der Begegnungen oder der entfernten Länder, die ich bereist habe, mit sich brachte. In Rollen, die besser verwahrt sind als die andern, finde ich arabische Briefe, Reliquien aus Kairo und Stambul wieder.

O Glück! O tödliche Traurigkeit! Diese vergilbten Buchstaben, diese verwischten Entwürfe, diese halbzerknitterten Briefe, das ist der Schatz meiner einzigen Liebe. Lesen wir sie wieder! Viele Briefe fehlen, viele andere sind zerrissen oder unleserlich gemacht!

VII.

EINES Nachts sprach und sang ich in einer Art Ekstase. Einer der Bediensteten des Hauses holte mich in meiner Zelle und ließ mich in ein Parterrezimmer hinuntergehen, wo er mich einschloß. Ich setzte meinen Traum fort und obwohl ich aufrecht stand, glaubte ich mich in einer Art orientalischen Kiosks eingeschlossen. Ich untersuchte alle Winkel und erkannte, daß er achteckig war. Ein Diwan beherrschte die ganzen Wände; diese schienen mir aus dickem Spiegelglas geformt, jenseits deren ich Schätze, Schals und Stickereien glänzen sah. Eine vom Mond erhellte Landschaft erschien mir durch das Türgitter und ich glaubte die Formen von Baumstümpfen und Felsen zu erkennen. Ich hatte dort schon in irgendeiner andern Existenz geweilt und glaubte die tiefen Grotten von Ellorah zu erkennen. Nach und nach drang bläuliches Tageslicht in den Kiosk und ließ bizarre Bilder zutage treten. Ich glaubte mich nun mitten in einem ungeheuren Fleischhaufen zu befinden, wo die Weltgeschichte in blutigen Zügen niedergeschrieben war. Der Körper einer riesenhaften Frau war mir gegenüber gemalt, nur waren ihre verschiedenen Teile wie von einem Säbel zerschnitten. Andre Frauen verschiedener Rassen, deren Körper nacheinander vorherrschten, stellten auf den andern Mauern eine blutigen Wirrwarr von Gliedern und Köpfen dar, von den Kaiserinnen und Königinnen bis herab zur bescheidenen Bäuerin. Das war die Geschichte aller Verbrechen und es genügte, die Augen auf diesen oder jenen Punkt zu heften, um dort einen tragischen Vorgang sich abspielen zu sehen. — Das ist es nun, sagte ich mir, was die den Menschen verliehene Gewalt hervorgebracht hat. Sie haben den ewigen Typus der Schönheit nach und nach so gut zerstört und in tausend Stücke geschnitten, daß die Rassen immer mehr an Kraft und Vollkommenheit verlieren. Und ich sah wirklich auf einer Schattenlinie, die sich durch eine der Spalten der Tür einschlich, die absteigenden Generationen der Zukunftsrassen.

Endlich wurde ich dieser düstern Betrachtung entrissen. Das gute und mitfühlende Gesicht meines vortrefflichen Arztes gab mich der Welt des Lebendigen zurück. Er ließ mich einem Schauspiel beiwohnen, das mich lebhaft interessierte. Unter den Kranken befand sich ein junger Mann, ein alter Soldat aus Afrika, der sich seit sechs Wochen weigerte Nahrung aufzunehmen. Vermittels eines langen Kautschukschlauchs, den man in ein Nasenloch einführte, ließ man ihm eine genügende Menge Gries und Schokolade in den Magen rinnen.

Dieses Schauspiel machte mir lebhaften Eindruck. Bis dahin war ich dem einförmigen Kreislauf meiner Erregungen und meiner moralischen Leiden überlassen gewesen, da begegnete mir ein unbeschreibliches, schweigsames und geduldiges Wesen, das wie eine Sphynx an den äußersten Toren des Lebens saß. Ich fing an, es wegen seines Unglücks und seiner Verlassenheit zu lieben, und ich fühlte mich durch diese Zuneigung und dieses Mitleid gehoben. Es schien mir so zwischen das Leben und den Tod gestellt wie ein erhabener Dolmetscher, wie ein Beichtvater, der dazu bestimmt ist jene Geheimnisse der Seele zu hören, die das Wort nicht zu übermitteln wagte noch vermöchte. Es war das Ohr Gottes ohne die Beimischung des Gedankens eines andern. Ich verbrachte ganze Stunden damit, mich im Geist zu prüfen, wobei ich mein Haupt auf das seine neigte und ihn bei der Hand hielt. Es kam mir vor als vereinte ein gewisser Magnetismus unsre beiden Geister und ich war entzückt, als zum erstenmal ein Wort aus seinem Mund kam. Man wollte nichts davon glauben und ich schrieb meinem glühenden Wunsch diesen Beginn der Heilung zu. In dieser Nacht hatte ich einen köstlichen Traum, den ersten seit recht langer Zeit.

Ich war in einem Turm, der so tief in der Erde steckte und so hoch in den Himmel ragte, daß mein ganzes Leben mit Hinauf- und Hinabsteigen ausgefüllt schien. Schon waren meine Kräfte erschöpft und der Mut begann mich zu verlassen, als sich eine Seitentür öffnet. Ein Geist tritt hervor und sagt zu mir: »Komm, Bruder! . . . .« Ich weiß nicht, wie es mir in den Sinn kam, daß er Saturnin hieß. Er hatte die Züge des armen Kranken, aber verklärt und wissend. Wir waren auf einem sternerhellten Felde; wir blieben stehen und betrachteten das himmlische Schauspiel und der Geist legte seine Hand auf meine Stirn, wie ich es am Abend vorher gemacht hatte, als ich meinen Gefährten zu magnetisieren versuchte; sogleich fing einer der Sterne des Himmels zu wachsen an, und die Gottheit meiner Träume erschien mir lächelnd in einem fast indischen Gewand, so wie ich sie früher gesehen hatte. Sie schritt zwischen uns beiden und die Wiesen ergrünten, die Blüten und Blätter erhoben sich von der Erde auf der Spur ihrer Schritte . . . . Sie sprach zu mir: »Die Prüfung, der du unterworfen warst, ist zu Ende; diese zahllosen Stufen, bei deren Erklimmen und Hinabsteigen du dich ermüdetest, waren die Bande der alten Einbildungen selbst, die deine Gedanken verwirrten und jetzt erinnere dich des Tags, wo du die heilige Jungfrau angefleht hast und da du sie tot glaubtest, sich das Delirium deines Geistes bemächtigt hat. Es war nötig, daß ihr dein Wunsch von einer einfachen von der Erde losgelösten Seele überbracht wurde. Diese hat sich in deiner Nähe gefunden und darum ist es mir selbst erlaubt zu kommen und dir Mut zuzusprechen.« Die Freude, die dieser Traum in meinem Geist verbreitete, verschaffte mir ein köstliches Erwachen. Der Tag begann anzubrechen. Ich wollte ein greifbares Zeichen der Erscheinung haben, die mich getröstet hatte und ich schrieb diese Worte auf die Mauer: »Du hast mich in dieser Nacht besucht.« Ich verzeichne hier unter dem Titel

DENKWÜRDIGKEITEN

die Eindrücke mehrerer Träume, die dem folgten, den ich eben mitgeteilt habe.

Auf einer schlanken Bergspitze der Auvergne ist der Hirtengesang verklungen: ARME MARIA! Königin der Himmel! An dich wendet sich ihre Frömmigkeit. Diese ländliche Melodie ist zum Ohr der Korybanten gedrungen. Sie treten selbst singend aus den geheimen Grotten, wo die Liebe ihnen Obdach gewährte. — Hosianna! Friede auf Erden und Ruhm in den Himmeln! — Auf den Bergen des Hymalaia ist eine kleine Blume erblüht. — Vergiß mein nicht! — Der kosende Blick eines Sternes hat einen Augenblick auf ihr geruht und eine Stimme ließ sich in einer süßen, fremden Sprache vernehmen: MYOSOTIS! —

Eine silberne Perle leuchtete im Sand; eine goldene Perle strahlte am Himmel . . . . Die Welt war geschaffen. Keusche Liebe, göttliche Seufzer! Entflammt den heiligen Berg! . . . Denn ihr habt Brüder in den Tälern und schüchterne Schwestern, die sich im Schoß der Wälder verbergen!

Duftende Gebüsche von Paphos! Was seid ihr gegen diese Zufluchtsorte, wo man mit vollen Lungen die belebende Luft des Vaterlandes atmet? — Da oben auf den Bergen lebt die Welt zufrieden; die wilde Nachtigall verbreitet Zufriedenheit.

O wie schön ist doch meine große Freundin! Sie ist so groß, daß sie der Welt verzeiht und so gut, daß sie mir verziehen hat. Neulich nachts schlief sie in irgendeinem Palast und ich konnte sie nicht erreichen. Mein Schweißfuchs entwand sich meinem Befehl. Die zerrissenen Zügel hingen über der in Schweiß gebadeten Kruppe und es bedurfte großer Anstrengungen, um ihn zu verhindern, daß er sich zu Boden legte.

Heute nacht ist mir der gute Saturnin zu Hilfe gekommen und meine große Freundin hat an meiner Seite auf ihrer weißen, silbern aufgezäumten Stute Platz genommen. Sie sagte zu mir: »Mut, Bruder, denn das ist die letzte Stufe!« Und ihre großen Augen verschlangen den Raum und sie ließ in der Luft ihr langes Haar wehen, das mit den Düften Jemens getränkt war.

Ich erkannte die göttlichen Züge von ***. Wir flogen im Triumph und die Feinde waren zu unsern Füßen. Der Wiedehopf geleitete uns als Bote bis in den höchsten Himmel und der Bogen des Lichts barst in den göttlichen Händen Apolls. Adonis Zauberhorn klang durch die Wälder.

O Tod, wo ist dein Sieg? Da doch der triumphierende Messias zwischen uns beiden ritt? Ihr Kleid war aus schwefligem Hyazinth und ihre Handgelenke sowie die Knöchel ihrer Füße blitzten von Diamanten und Rubinen. Wenn ihre leichte Reitgerte das Perlmuttertor des Neuen Jerusalem berührte, waren wir alle drei in Licht getaucht. Dann bin ich unter die Menschen gegangen, um ihnen die frohe Botschaft zu verkünden.

Ich erwache aus einem süßen Traum. Ich habe die gesehen, die ich verklärt und strahlend geliebt habe. Der Himmel hat sich in all seiner Pracht geöffnet und ich habe darin das Wort VERGEBUNG gelesen, das mit dem Blute Jesu Christi geschrieben war.

Ein Stern erglänzte plötzlich und enthüllte mir das Geheimnis der Welt der Welten. Hosianna! Friede auf Erden und Ehre den Himmeln!

Aus dem Schoß der stummen Finsternis sind zwei Töne erklungen, ein getragener und ein schriller, und sogleich begann der ewige Kreislauf. Sei gesegnet, o erste Oktave, mit der die göttliche Hymne anhub. Von Sonntag zu Sonntag flichst du alle Tage in dein Zaubernetz! Die Berge lobpreisen dich den Tälern, die Quellen den Bächen, die Bäche den Strömen; die Ströme dem Ozean. Die Luft zittert und das Licht küßt wohlklingend die sprießenden Blumen.

Ein Seufzer, ein Liebesschauer steigt aus dem geschwellten Schoß der Erde und der Chor der Gestirne entfaltet sich in die Unendlichkeit; er entfernt sich und kommt wiederum zurück, verdichtet sich und entfaltet sich wieder und sät die Keime zu neuen Schöpfungen ins Weite.

Auf dem Gipfel eines bläulichen Berges ist eine kleine Blume erblüht. — Vergiß mein nicht! — Der kosende Blick eines Sternes hat sich einen Augenblick darauf geheftet und eine Antwort ließ sich in einer süßen, fremden Sprache vernehmen: MYOSOTIS!

Unheil über dich, Gott des Nordens! Der du mit einem Hammerschlag die aus den sieben köstlichsten Metallen gefügte heilige Tafel zertrümmertest! Denn du hast die »ROSENFARBENE PERLE«, die in ihrer Mitte ruhte, nicht zerbrechen können. Sie ist unter dem Eisen wieder aufgesprungen, — und wir haben uns für sie bewaffnet .... Hosianna!

Der Makrokosmos, oder die große Welt, ist durch kabbalistische Kunst erbaut worden; der Mikrokosmos, oder die kleine Welt, ist sein in aller Welt zurückgestrahltes Bild. Die »ROSENFARBENE PERLE« ist mit dem königlichen Blut der Walküren gefärbt worden. Unheil über dich, schmiedender Gott, der eine Welt zertrümmern wollte! Indessen ist die Vergebung Christi auch für dich verkündet worden!

Sei also selbst du gesegnet, o Thor, du Riese — du mächtigster unter Odins Söhnen! Sei gesegnet in Hela, deiner Mutter, denn oft ist der Tod süß, — und in deinem Bruder Loki und in deinem Hund Garnur.

Selbst die Schlange, welche die Welt umgibt, ist gesegnet, denn ihre Ringe erschlaffen und ihr gähnender Rachen atmet die Blume Anxoka, die Schwefelblume, die strahlende Blume der Sonne!

Gott schütze den göttlichen Baldur, den Sohn Odins und Freya, die schöne!

VIII.

ICH befand mich IM GEIST in Saardam, das ich im vergangenen Jahr besucht habe. Schnee bedeckt die Erde. Ein ganz kleines Mädchen ging schleifend über die harte Erde und richtete seine Schritte glaube ich nach dem Haus Peters des Großen. Ihr majestätisches Profil hatte etwas Bourbonisches. Ihr Hals von strahlender Weiße ragte zur Hälfte aus einem Schwanenpelzkragen. Mit ihrer kleinen rosigen Hand schützte sie eine angezündete Lampe vor dem Wind und wollte an der grünen Haustür klopfen, als eine magere Katze daraus hervorkam, sich in ihre Beine verwickelte und sie zum Fallen brachte. — »Schau, es ist nur eine Katze!« sagte das kleine Mädchen und stand wieder auf. — »Eine Katze, das ist auch etwas!« antwortete eine sanfte Stimme. Ich wohnte dieser Szene bei und trug auf meinem Arm eine kleine graue Katze, die zu miauen anfing. »Sie ist das Kind dieser alten Fee!« sagte das kleine Mädchen. Und sie trat in das Haus.

In dieser Nacht flog mein Traum zuerst nach Wien. Bekanntlich erheben sich auf jedem Platz dieser Stadt große Säulen, die man Gnadensäulen nennt. Wolken aus Marmor sammeln sich, die die salomonische Ordnung darstellen und tragen Erdkugeln, auf denen sitzende Gottheiten thronen. Plötzlich mußte ich, o Wunder, an diese berühmte Schwester des Kaisers von Rußland denken, deren kaiserliches Palais ich in Weimar gesehen habe. — Eine von Süßigkeit erfüllte Melancholie ließ mich die farbigen Nebel einer norwegischen Landschaft in grauem, sanftem Licht sehen. Die Wolken wurden durchsichtig und ich sah, wie sich vor mir ein tiefer Abgrund auftat, in den sich tobend die Fluten der eisigen Ostsee stürzten. Es schien, daß sich die ganze Newa mit ihren blauen Wassern in diese Erdspalte ergießen müsse. Die Schiffe von Kronstadt und St. Petersburg zerrten an ihren Ankern und schienen bereit zu sein, sich loszureißen und in diesem Schlund zu verschwinden, als ein göttliches Licht von oben diesen trostlosen Vorgang erhellte.

Unter dem lebhaften Strahl, der durch den Nebel drang, sah ich sogleich den Felsen erscheinen, der das Standbild Peters des Großen trägt. Über diesem festen Sockel gruppierten sich die bis zum Zenith reichenden Wolken. Sie waren beladen mit strahlenden und göttlichen Gestalten, unter denen man die beiden Katharinen und die heilige Kaiserin Helene unterschied, die von den schönsten Fürstinnen Rußlands und Polens begleitet waren. Ihre sanften Blicke waren nach Frankreich gerichtet und überwanden den Raum mit Hilfe von langen Ferngläsern aus Kristall. Ich sah dadurch, daß unser Vaterland der Schiedsrichter im orientalischen Streit sein würde, und daß sie seine Lösung erwarteten. Mein Traum schloß mit der süßen Hoffnung, daß uns endlich Friede gegeben würde.

So ermutigte ich mich zu einem kühnen Versuch; ich beschloß, den Traum festzuhalten und sein Geheimnis zu erfahren. Warum, so sagte ich mir, soll ich nicht mit meinem ganzen Willen gewappnet endlich diese mystischen Tore bezwingen und meine Sensationen beherrschen, anstatt ihnen zu unterliegen? Ist es nicht möglich, diese anziehende und furchtbare Chimäre zu bändigen, diesen Geistern der Nächte, die mit unsrer Vernunft spielen, eine Regel aufzuerlegen? Der Schlaf nimmt ein Drittel unseres Lebens ein. Er ist der Trost für die Mühen unsrer Tage oder die Buße für ihr Vergnügen; aber ich habe nie empfunden, daß der Schlaf Ruhe sei. Nach einer Betäubung von einigen Minuten beginnt ein neues Leben, losgelöst von Zeit und Raum und zweifellos dem ähnlich, das uns nach dem Tod erwartet. Wer weiß, ob zwischen diesen beiden Existenzen nicht ein Band besteht, und ob es für die Seele nicht möglich ist, es schon hier unten zu knüpfen?

Von diesem Augenblick an bemühte ich mich, den Sinn meiner Träume zu suchen, und diese Unruhe beeinflußte meine Gedanken im wachen Zustand. Ich glaubte zu verstehen, daß zwischen der innern und der äußern Welt ein Band besteht; daß die Unaufmerksamkeit oder die Unordnung des Geistes allein die augenscheinlichen Beziehungen fälschen — und daß sich so die Bizarrerie gewisser Gemälde erklärt, die dem fratzenhaften Widerschein wirklicher Gegenstände auf bewegter Wasserfläche gleichen.

So waren die Eingebungen meiner Nächte. Meine Tage vergingen ruhig in Gesellschaft der armen Kranken, die ich mir zu Freunden gewonnen hatte. Das Gewissen, das ich nun von den Fehlern meines vergangenen Lebens gereinigt hatte, gab mir unendliche moralische Freuden. Die Sicherheit der Unsterblichkeit und der gleichzeitigen Existenz aller Personen, die ich geliebt hatte, war mir sozusagen zur greifbaren Klarheit geworden, und ich segnete die Bruderseele, die mich aus dem Schoß der Verzweiflung in die leuchtenden Bahnen der Religion zurückgeführt hatte.

Der arme Junge, den sein geistiges Leben auf so sonderbare Art verlassen hatte, empfing eine Pflege, die nach und nach seine Empfindungslosigkeit besiegte. Als ich erfuhr, daß er auf dem Land geboren sei, verbrachte ich ganze Stunden damit, ihm alte Dorflieder vorzusingen, denen ich den rührendsten Ausdruck zu geben versuchte. Ich hatte das Glück zu sehen, daß er sie hörte und daß er einzelne Teile dieser Lieder wiederholte. Eines Tages endlich öffnete er eine einzige Sekunde die Augen und ich sah, daß sie blau waren wie die des Geistes, der mir im Traum erschienen war. Eines Morgens — einige Tage danach — hielt er seine Augen offen und schloß sie nicht mehr. Er fing gleich zu sprechen an, aber nur mit Zwischenpausen, erkannte mich, duzte mich und nannte mich Bruder. Indessen wollte er sich noch immer nicht entschließen zu essen. Als er eines Tages aus dem Garten hereinkam, sagte er zu mir: »Ich habe Durst!«

Ich holte ihm zu trinken; das Glas berührte seine Lippen, ohne daß er schlucken konnte.

»Warum«, fragte ich ihn, »willst du nicht essen und trinken wie die andern?«

»Weil ich tot bin,« sagte er, »ich bin auf jenem Friedhof begraben, an jenem Platz . . . . .«

»Und wo glaubst du jetzt zu sein?«

»Im Fegefeuer, ich erfülle meine Reinigung.«

Das sind die wunderlichen Ideen, die aus dieser Art Krankheiten entspringen; ich erkannte in mir selbst, daß ich nicht weit von einer so absonderlichen Überzeugung entfernt gewesen war. Die Pflege, die ich empfangen, hatte mich schon der Liebe meiner Familie und meiner Freunde zurückgegeben, und ich konnte gesünder über die Welt der Einbildungen urteilen, in der ich einige Zeit gelebt hatte. Jedenfalls fühle ich mich glücklich durch die Überzeugungen, die ich erlangt habe und ich vergleiche diese Reihe von Prüfungen, die ich durchgemacht habe, dem, was für die Alten der Gedanke eines Hinuntersteigens zur Hölle vorstellte.